어느
물고기의
독백

어느 물고기의 독백

2018년 1월 10일 1판 1쇄 발행

지은이 │ 김영수
발행인 │ 이선우
펴낸곳 │ 도서출판 선우미디어

　　　　등록 │ 1997. 8. 7 제305-2014-000020
　　　　02643 서울시 동대문구 장한로12길 40, 101동 203호
　　　　☎ 2272-3351, 3352 팩스: 2272-5540
　　　　sunwoome@hanmail.net
　　　　Printed in Korea ⓒ 2018. 김영수

이 도서의 국립중앙도서관 출판예정도서목록(CIP)은 서지정보유통지원시스템
홈페이지(http://seoji.nl.go.kr)와
국가자료공동목록시스템(http://www.nl.go.kr/kolisnet)에서 이용하실 수
있습니다.(CIP제어번호: CIP2018000220)

ISBN 978-89-5658-553-6 03810
ISBN 978-89-5658-554-3 05810(E-PUB)

어느 물고기의
독백

김영수 수필집

선우미디어

작가의 말

　글쓰기는 길이 보이지 않는 숲을 걷는 일이라 생각했다. 수많은 사람이 드나드는 데도 아무도 걷지 않은 듯 풀이 우거진 곳에 나만의 길을 만드는 일, 어쩌면 그 외로운 작업이 나를 살리는 일인지도 모른다는 생각으로 글을 썼다. 나무와 풀이 무성하던 곳에 내 발자국이 모여 길이 만들어지는 상상을 하면 걸을만했다. 비록 구불거리고 넓지도 않은 길이지만, 잠깐씩 돌아본 곳에 희미한 흔적이 보일 때면 작은 성취감을 느끼기도 했다.

　문학의 주변을 서성거리다 만난 수필. 글쓰기를 통해 타인과 소통하는 것으로 위로를 받고, 글 한 편을 완성한 후 맛보는 순간의 희열로 오래 힘들던 시간을 잊기도 했다. 그러나 숲은 깊이 들어갈수록 빽빽이 들어선 키 큰 나무들로 어두워졌고, 아무도 드나들지 않은 듯 적요한 그곳은 한 발짝 내딛는 것도 힘에 부치게 했다.

　너무 깊숙이 들어온 게 아닐까 싶어 겁이 날 만큼 이미 이 길만이 갖는 매력에 빠져있다. 나의 미래는 앞으로 계속 나아가는 길밖에 다른 길은 없어 보인다. 무뎌지는 영혼을 흔들어 깨울 수 있는 가시를 지닌 언어로 글을 쓰고 문학을 통해 신선한 자극을 받으며 사는 것을 꿈꾼다.

첫 번째 수필집을 낼 때 자연과 사람과의 소통을 이야기했고, 두 번째와 세 번째 책에서는 내 안의 섬에서 고독 속에 이루어진 사유와 휴식을 통해 듣는 내면의 소리를 글로 내놓고 싶었다. 수필이라는 숲에서 돌아본 나의 삶과 나의 생각을 독자와 나누고 싶은 바람으로 다시 책을 엮게 되었다.

혼자 걷는 길이지만 옆에서 지켜보는 가족과 친구들이 있어 힘을 얻는다. 책을 만들기에 앞서 선우 사장님과 소중한 인연을 맺었고 그 오랜 인연이 또 한 권의 책을 만들게 했다. 출간을 위해 열과 성을 아끼지 않은 선우미디어에 감사한다.

2017년 겨울 Ajax에서

김영수

차례

제3부 경계

제4부 '자히르'라는 안대

제5부 흔적

'그냥'이라는 말은

'그냥'이라는 말은

전화를 받으니 친정엄마였다. "여보세요"가 미처 끝나지도 않았는데 엄마는 "그냥 걸었다. 잘들 있지?" 하고 증손주 소식부터 물으며 거긴 지금 잘 시간이겠구나, 했다. 혹시 무슨 일이 있어서 전화를 한 건 아닌지 엄마 목소리로 가늠하며 시계를 보았다. 밤 열두 시 반이니 엄마 계신 곳은 낮 한 시 반. 점심 식사를 궁금해 하는 딸에게 엄마는 여전히, "그냥 걸었대도…" 하며 딸의 잠을 방해할까 봐 선뜻 말을 잇지 못했다.

혼자 살다 보니 어떤 날은 종일 입 한번 뗄 일 없이 하루가 지나더라는 말이 문득 떠올랐다. 멀리 사는 효자보다 가까이 사는 불효자식이 낫다는 말이 괜히 있을까. 엄마는 말 상대가 그리운 거였다. 거긴 밤일 텐데 이제 자야지 자야지, 하면서도 이야기는 그칠 줄 모르고 이어졌다. 열 번도 넘게 들은 내용이라 건성으로 듣다가도, 막상 전화를 끊고 나면 무엇인가 뭉텅 사라진 듯한 허전함. 그건 나이 아흔을 넘기면서부터, 엄마가 잡고 있던 생명줄이 헐거워지고 있다는 나의 불안감 때문인지도 몰랐다.

직장에 다니느라 친정 바로 앞집에 살면서 아이를 맡겨 키웠고, 아이가 다섯 살 되던 해 우리는 먼 곳으로 이사했다. 멀리 사는 딸에게 아버지가 전화를 할 때면, 누가 뭐라는 것도 아닌데 "그냥 걸었다"는 말을 앞세우던 기억. 맞벌이하는 딸이 늘 종종거리며 바쁘게 사는 걸 지켜볼 수밖에 없는 친정아버지는 그렇게 '그냥' 전화를 걸어 손자 소식도 듣고 딸의 목소리도 확인하고 싶었을지 모른다.

엄마나 아버지의 '그냥'은 그냥이 아니라는 걸 내가 할머니가 되고 나서야 이해할 수 있었다. 내게는 손자가 둘이 있다. 연년생으로 아들 둘을 둔 아들 며느리는 둘 다 정신없이 바쁠 게 당연하다. 큰손자가 두 살이니 상황이 어떠리라는 것은 짐작하고도 남는다. 먹이고 씻기고 재우고 그중 하나를 하는 분주한 시간일까 싶어서, 아니면 잠깐 낮잠이라도 자는 건 아닐까 싶어서, 전화할 일이 있어도 내 아버지나 엄마처럼 나 역시 '그냥 걸었다'로 말문을 열게 된다.

그냥 걸었다는 말 속에는, 전화 받기에 적당한 상황이 아니면 끊어도 좋다는, 상대에게 부담을 주지 않으려는 암묵적인 배려가 담겨있다. '그냥'은 아무런 이유나 목적 없이 마음을 나누고 싶은 사람, 그런 사이에서 주고받을 수 있는 한국 정서에서나 가능한 단어가 아닐까 생각한다.

오래 전에, 여고 동창생이 느닷없이 우리 집을 찾아온 적이 있다. 친한 친구였다. 결혼한 후 연락이 끊겨 한참을 소식도 모르고 지내던 그녀가 한여름에 불쑥 나타났다. 너덧 살 된 아이를 철 지난 누비포대기에 둘러업고 대문을 밀고 들어서던 그녀. 반갑기도 하고 놀라기도 한 나에게 그녀는, 그냥 지나가다가 생각이 나서 들렀다고 했다. 그때가 여름방학 중이어서 나는 집에 있었고 내 아이는 백일을 갓 지났을 무렵이었는데, 서툰 살림 솜씨로 하루하루가 분주하던 때였다. 무엇을 만들었는지 기억도 잘 나지 않는 걸 보면 그 친구에게 별 반찬도 없는 점심을 대접했던 것 같다.

신혼 때 내가 세 들어 살던 양옥집 이층은 무척 더웠다. 에어컨도 없던 여름, 우리는 소파를 놔두고 찬 마룻바닥에 앉아 오랜만에 만난 사이치고는 평범한 일상을 오래 겉돌며 이야기했다. 그녀는 시장 상인들을 상대로 돈을 빌려주는 일을 하는데 수입이 괜찮다고 했다. 그 말끝에 망설이며 무엇인가 말하려다 말고 아이가 너무 더워한다며 해질 무렵 일어섰다. 그러고는 연락이 다시 끊겼고 나는 그녀를 더는 만나지 못했다.

한참이 지난 어느 날 불현듯, 그녀가 그냥 들른 게 아닐지도 모른다는 생각이 스쳤다. 그렇게 돌려보내서는 안 되는 거였다. 그녀 얼굴에 기미가 짙어졌다는 것을 그날 나는 눈치챘어야 했고, 돈놀이로 수입이 좋다는 말을 곧이곧대로 믿어서도 안 되는 거였다. 꾀죄죄한 아기 포대기가 눈에 아른거렸다. 그녀가 말한 '그냥은 그냥

이 아니었음을 뒤늦게야 알아차리고 나는 오래 자책했다. 그냥 들러도 그녀 가슴에 무엇을 담고 왔는지 알아야 하는 사이라는 것을, 가까운 친구는 그래야 한다는 것을 그때는 왜 몰랐을까.

누군가 허물없이 자기 말을 들어주었으면 싶을 때, 외롭거나 그리울 때, 그러면서도 상대방을 배려하는 마음일 때 우리는 '그냥' 전화를 걸고 '그냥' 들르기도 한다. 그냥 그러는 사람들에게는 더 세심하고 더 따뜻한 관심이 필요하다. 말 뒤에 가려졌던 그들의 마음이 이제야 보이는 것 같다.

어느 물고기의 독백

나는 물고기였다. 어부가 쳐놓은 그물에 걸려 횟집으로 팔려와 도마에 눕는 순간 나의 이름은 물고기에서 생선회로 바뀌었다. 머리부터 잘린 후 몸에 칼이 들어오는 게 물고기가 횟감으로 되는 평범한 수순이었다. 그런데 나는 두꺼운 나무 도마에 몸을 눕히자마자 눈동자 한번 돌릴 겨를도 없이 정신을 잃었다. 의식을 회복했을 때 내 몸의 껍질은 이미 벗겨져 있었고, 하얗게 드러난 알몸이 횟감으로 저며지고 있었다.

더는 생명이 없는 하얀 살덩이가 된 내 몸을 바라보았다. 한때 나는 저 살과 뼈로 대양을 가르며 부러움 없이 헤엄쳤지. 때로 수면 위 공중으로 뛰어올라 세상을 내려다보기도 하고 때로는 심연의 바다에 닿을 만큼 깊이 은신하기도 했다. 터질 듯 부레를 부풀려 보란 듯이 우쭐거린 적도 있고, 한없이 작아져 위축되기도 했다. 뚜렷한 목적도 없이 다른 물고기보다 더 빨리 더 멀리 헤엄쳐 먼

바다까지 나아가 터를 잡고 지내는 동안에는, 뭍 가까운 바다를 벗어나지 못하는 고기들의 부러움을 사기도 했다.

어렴풋이 사람들 말소리가 들렸다. 아직 살아있어. 살 속 깊이 파고들던 벼린 칼날의 섬뜩함이 내 살점을 한 점 한 점 도려내는 장면을 눈 뜬 채 지켜보던 시간. 눈을 감을 수도 깜빡거릴 수도 없는 물고기의 숙명에 나는 저항할 도리가 없었다. 육신을 잃은 빈 몸으로도 정신을 오롯이 지킬 수 있을지 겁이 나면서도, 정신만 차리면 괜찮다고 들은 기억도 나고 갈피를 잡을 수 없었다. 한때 배고픈 자의 내일이 되기를 꿈꾸기도 했고, 누군가의 생명을 부르는 힘이 되리라며 삶의 의미를 찾기도 했다. 그러나 납득하기 어려운 이유로 내 머리가 잘리지 않고 몸통에 매달려 있어야 하는 게, 내 삶의 끝에서 마주친 현실이었다.

피 한 방울 보이지 않는 말간 살점이 등뼈 위로 나란히 배열되었다. 나는 그게 내 몸이라는 것도 잠시 잊고 바라보았다. 정교하게 만들어진 나무 그릇 위에 오른 내 몸은 예술작품처럼 아름다웠다. 말쑥한 정장으로 차려입은 손님들 앞에 놓이자 정신이 가물거렸다. 몸이 다 사라질 때까지 머리는 살아있어야 하는 물고기였다, 오로지 인간의 식욕을 위하여.

누군가 차가운 물을 내 머리에 끼얹는 동시에 불이 확, 붙는 느낌이 들었고 나는 진저리를 쳤다. 그들이 마시던 술이라는 액체였다. 저 차가운 것을 마시면 몸은 불같이 뜨거워지고 정신이 휘청거린다는, 그래서 시간을 잊고 세상을 잊는다는 마법의 물. 나는 왜 저들처럼 잊을 수 없는 걸까. 차가운 액체가 머리에 쏟아지자 오히려 정신이 깨어나며 잃어버린 시간이 생각났고 잠시 잊고 있던 낯익은 과거가 눈앞에 다가왔다.

치어 시절, 엄마 곁에서 헤엄칠 때 세상은 온통 신기한 놀이터였고 하는 것마다 재미있는 놀이였다. 하지만 엄마 곁을 떠난 후, 큰 물고기에게 먹히지 않고 살아남기 위해 노는 법을 잊어야 했다. 그때부터 삶은 의무였고 세상은 놀이터가 아니라 전쟁터였다. 놀이를 잃은 삶은 맵고도 짰다. 거친 세상을 경험하며 어른이 되었고 어느 날 나는 엄마가 되어 있었다. 알을 낳으려는 산통으로 몸부림치던 시간도 견디다 보면 지나간다는 것을 깨달았고, 부화하여 새끼가 커가는 과정을 지켜보며 사랑하는 법과 인내하는 법을 배웠다. 다 자란 새끼를 떠나보내고 맥없이 지내다가 그물에 걸리기는 했어도 돌이켜보면 참으로 많은 추억이, 지나간 내 삶의 공간을 채우고 있었다.

추억하는 사이에 내 살점들은 하나씩 손님들 입으로 들어갔고, 젓가락이 지나간 자리마다 듬성듬성 빈 자국을 드러내기 시작했다. 나는 비어 가는 내 몸을 지켜보며 허무라는 단어를 떠올렸다. 그러나 술을 끼얹으면 머리를 부르르 떠는 것을 보고 싱싱하다며 키득거리는, 저들이 흘리는 냉소를 참아내는 것으로 허무를 잠시 잊을 수 있었다.

목이 말랐다. 고향의 물 한 방울만 있어도 생의 마지막이 이토록 외롭지는 않으리. 나는 목이 마르고 또 말랐다. 갈증이 외로움을 부르고 외로움은 갈증을 불렀다. 돌아갈 수 없는 시간을 탐하는 몸을 부질없이 뒤척이며, 영롱한 정신을 원망하기도 했다. 비록 몸은 허물어졌어도 의식이 살아있으니 이대로 떠나도 좋을 만한 삶이었다고 위로할 수는 없는 걸까. 지금 내 앞에서 먹고 마시며 흥청거리는 저들의 마지막 순간도 나와 크게 다르지 않으리. 육신은 멀쩡해도 정신이 흐려지거나, 정신은 살아있어도 병들어 망가진 몸으로 죽음을 맞을 터. 생명 가진 것들의 숙명이 다 똑같지는 않을지라도, 내가 죽음 앞에서 이토록 목말라하며 외로움을 느끼듯 저들을 기다리는 삶 그 끝자락도 결국 외로움이 아닐까.

식사가 끝나가도록 그녀는 생선회에 젓가락 한번 대지 못하고 앉아있었다. 자세를 곧추세워 흐트러짐 없이 앉아있어도 몸 안에 담긴 그녀의 정신은 연신 휘청거렸다. 몸통을 잃고도 정신이 살아있는 생선회를 보며 육체와 정신의 균형을 생각한 것일까. 육체보다 정신을 우위에 두고 살아온 젊지 않은 그녀 영혼이 나만큼이나 혼란스러울 수 있으리. 내면을 가꾸다 보면 겉으로도 풍겨 나는 법, 그러나 겉을 잃고 속만 남은 삶도 삶이라 부를 수 있을까. 한창 달아오른 불그레한 분위기에 아랑곳없이 밖에는 어둠을 재촉하는 하루가 저물고 있었다.

나의 '히말라야'

　그녀는 허공에 매달려 흔들리는 빈 거미줄처럼 마음 갈피를 잡을 수 없었다. 깨어있어도 꿈을 꾸는 것 같고 잠이 들어도 현실과 다를 바 없는 꿈속에서 허우적거렸다.

　그 남자 때문이었다. 산을 타는 남자였다. 야트막한 산조차 제대로 올라본 적 없는 그녀에게 그의 존재는 눈앞에 우뚝 선 산마루였다. 호리호리한 몸매로 어떻게 산을 탈까 싶었지만, 마디마다 굳은살이 박인 손가락을 보며 안도했다. 1980년대 초반의 히말라야 산은, 사진으로 보기도 어려운 아득한 이름이었다. 남자는, 이름만 들어도 겁이 나는 그 산에 오르겠다고 했다. 그것도 멀쩡히 다니던 직장까지 그만 두고서. 그녀는 심장이 통째로 떨어진 것 같은데 그는 결연한 표정으로 담담하게 말했다. 아무래도 떠나야겠다고….

　주문한 음식이 식어서 음식모형 같아진 지 오래되었어도, 둘 중 누구도 앞을 가로막는 단단한 침묵을 깨지 못했다. 시간이 흐르도록 놔두고 기다릴 수밖에 별도리가 없었다. 남자의 입이 다시 무겁게 열렸다. 그녀를, 산을 타는 사람의 아내로 만들어 끝이 보이지 않는 기다림이라는 형벌을 안겨주고 싶지 않다고 했다. 기다림도 사랑이고 참는 것도 사랑이라 여기던 그녀는, 그의 말에 묘한 굴욕감이 들면서도 다시 볼 수 없다는 사실에 현기증을 느꼈다. 후들거리는 걸음으로 집에 돌아오면서, 우연이 필연적인 운명을 만들기도 한다는 말에 매달렸다. 말도 안 되는 억지 우연을 만들어내는 시간이 그녀의 일상을 지배했다.

나는 '과거의 나였던 그녀'와 앨리스 먼로 소설에 등장하는 그녀 그레타를 생각하며 긴 하루를 보낸다. 먼로의 작품 〈일본에 가 닿기를〉에서, 시인(詩人) 자격으로 작가 파티에 참석한 그레타는 아무도 거들떠보지 않는 무관심과 소외감으로 지쳐간다. 그때 곁에 다가와 다정히 손 내밀어 일으켜 주고 그녀를 집까지 태워다 준 사람. 그 후 그녀는 토론토에서 왔다는 그 남자 생각을 상상 속에서 키우다가, 남편이 퇴근할 무렵이면 갈무리하여 간직하는 일을 반복한다. 여름에 그를 만난 후 계절을 차례로 보내면서, 그림을 그려도 될 만큼 상세히 기억나는 그의 얼굴을 떠올리며 그레타는 하루도 그 남자를 생각하지 않은 날이 없다.

겨우 이름만 알던 그의 주소를, 도서관 신문의 그가 쓴 칼럼에서 찾아내어 편지를 쓰고야 마는 그레타. '이 편지를 쓰는 것은 유리병 속에 편지를 넣는 것과 같아요. 그리고 바라죠. 편지가 일본에 가

닿기를'이라 쓰고 자기가 타고 갈 기차가 도착하는 날짜와 시간만 덧붙여서 편지를 보낸다. 그레타가 상상 속에 무시로 드나들던 꿈의 나라에 편지가 과연 가 닿을 수 있을지, 소설 속 그녀도 독자인 나도 가슴을 졸인다.

그런데 그 남자가, 기차역에 나타난다. 그리고 그녀에게 첫 키스를 한다. 희박한 가능성을 상징하던 유리병은, 그럼에도 불구하고 때맞춰 '그녀의 일본'에 가 닿은 것이다.

그레타에게는 '일본'으로, 내게는 '히말라야'로 상징되는 두 남자를 생각한다. 오늘 나는, 한때 내 마음을 송두리째 빼앗던 과거 그 시간으로 돌아가 있다. 세월이라는 벽을 깨고 불현듯 모습을 드러낸 나의 히말라야. 내 마음을 흔든 것은 히말라야라는 이름 뒤에 숨어버린 그 사람에 대한 그리움이리라.

나도 그 사람 이름은 알고 있었지만, 그레타처럼 편지를 보낼 주소를 찾지는 않았다. 나의 유리병은 어디에도 가 닿을 수 없다는 걸 이미 알고 있었으니까. 그레타와는 달리, 나는 그곳으로 가는 기차를 탈 이유도 만들지 못했다. 내 마음을 담은 유리병이 눈 덮인 히말라야 산을 헤매게 하는 대신, 내 글 속에 넣어 영원히 살아있게 하고 싶었다. 그의 모습을 상상 속 설산에 걸쳐두고, 때로는 그의 곁에서 나란히 걷기도 하고 때로는 눈보라 치는 산등성이에서 함께 길을 잃고 싶었다. 산속을 아무리 헤맨다 해도 결국 마음속에 가두고 살게 될 사람인데 하다가도, 체념 끝에 희망의 가시 하나

박아두는 걸 잊지 않았다. 그러나 시간의 파괴력은 실로 대단했다. 그레타 이야기를 읽기 전까지는, 히말라야가 내 가슴에 들어있었다는 것조차 잊고 살았으니.

우리는 인생길에서 숱하게 주어지는 선택 앞에 설 때마다 망설이고 갈등한다. 일단 선택하면 수정할 수도, 번복할 수도, 선택되지 않은 나머지 것들과 비교할 수도 없다. 선택이 옳았는지 그리고 최선이었는지는 그 길 끝에 도달해 보아야나 알 수 있다. 아니, 끝까지 가도 알 수가 없다. 내가 택하지 못한 '히말라야'와의 삶이 어땠을지는 상상 속에서나 가능한 일이다. 비교할 수 없어서, 천만다행, 이다. 히말라야는 내가 오를 수 없는 산이었다.

스마트폰, 아무리 스마트해도

    친구가 있어야 할 자리를 스마트폰이 차지한 세상. 빨간 우체통에 들어있을 편지도, 친정어머니가 알려주던 손맛이나 살림법도 스마트폰 속으로 들어가 버렸다. 시간과 공간의 거리가 필요한, 기다림과 그리움이라는 단어도 그 영리한 기계가 삼켜버렸다. 사라져가는 것들을 지켜보는 마음은 쓸쓸하지만, 사이버 친구 하나쯤 필요한 세상이라는 것을 수긍하지 않을 수 없다.

    편리함 이상의 만능 역할은 어디까지 가능할까. 한시도 손에서 놓을 수 없는 필수품이 된 젊은 세대뿐 아니라 사용 기능이 극히 한정적인 노년층에서도 카톡으로 무료함을 달래고 외로울 때 곁을 지키는 친구 같은 존재. 한국 지하철 승객 열 중에 일고여덟이 탑승 내내 스마트폰을 본다니, 나이와 직업을 불문하고 없어서는 안 될 기기로 자리매김하는 추세인 것 같다.

    시들어가는 삶에 웃을 일 없는 하루를 보내다가도, 스마트폰으로 보내온 손자 동영상을 보면 웃지 않을 수가 없다. 세상이 좋아져서 멀리서도 효도할 수 있는 시대가 온 것에 감탄하며 되풀이하여 보게 된다. 오늘따라 손자 재롱을 보고도 마음이 가볍지 못한 건 엊그제 남편과 시아버지의 통화를 떠올렸기 때문이다.

"누구세요? 안 들려요…. 난 귀가 안 들려요…." 끊어질 듯 애절한 목소리 주인공은 시아버지. 집안에 혼자 계신가 보구나 싶어 난감했다. 뒤이어 들려오는 한숨 같은 긴 숨소리가 적막에 묻힐 때쯤 따박따박 발음하는 동서 음성이 총알처럼 튀어나왔다.

"캐나다 큰 아주버님, 큰. 아. 주. 버. 님. 이세요. 큰~ 아~ 주~ 버~ 님~ 요."

막내동서가, 전화를 건 사람이 큰아들이라는 것을 알리는 데만도 몇 분이 지나고 있었다. 글씨를 써드리면 좋을 텐데. 화이트보드와 매직펜이 곁에 항상 있어서 아버님을 뵐 때면 거기에 써서 대화하던 생각이 났지만, 말을 할까 하다가 그만두었다. 태평양을 사이에 두고 아버지와 아들이 서로 소리만 지르다가 결국 동서를 통해 간단한 안부만 전하고 말았다.

동서 스마트폰으로 사진이나 문자를 보내는 것도 결국 바쁜 동서 손을 일일이 거쳐야 하니 그것도 간단한 일은 아니었다. 한 집에서 같이 살지 않는 한, 전화가 유일한 대화 수단인데 그 길이 막혀버린 것이다. 보청기를 몇 개나 바꿔도 청력을 회복할 길은 없다고 했다. 자주 만나기 어려운 자식들과 소통이 끊긴 것도 청력을 잃으

시면서부터였다.

부모님을 뵈러 고국을 방문했을 때였다. 방에 들어서니 두 분이 서로 긴 둥근 막대 같은 통을 귀에 대고 대화하는 웃지 못할 진풍경이 벌어지고 있었다. 키친타월을 다 쓰고 나면 두꺼운 종이로 된 기다란 둥근 통이 남는다. 그걸 서로 귀에 대고 말하는 광경에 나는 못 볼 것을 본 것처럼 당황스럽고 목이 메었다. 하지만 그렇게라도 들을 수 있는 게 얼마나 다행이었는지. 청력을 완전히 잃게 된 후에는 그것으로 소통하던 시간마저 그리웠다.

십 년을 자리보전하던 어머니가 떠난 빈자리를 보며, 자식들은 한 목소리로 이제 편히 쉬시라고 아버님을 위로했다. 그러나 그게 아니었다. 어찌 보면 아버님은 남은 생의 유일한 목표였을, '할 일'이 없어진 거였다. 그래서인지 재작년에 어머니 돌아가신 후로 부쩍 더 못 들으시는 것 같다. 비명에 가까운 목소리라도 들려주고 듣겠다며, 일 년에 한두 번 남짓 비극적이면서도 희극적인 전화를 하는 아버지와 아들. 나는 고개를 돌려 못 본 체하는 것으로 마음을 추스르곤 했다.

쉽게 가 닿을 수 없던 시아버지라는 강기슭이 오늘따라 더 멀게 느껴졌다. 맏아들이 이민 갔다는 이유로 동생들과 남편 사이에 너비를 가늠하기 어려운 강물이 흐르고 있었다. 막막하고도 어색한 시간은 이편과 저편 사람들을 놀리듯 느릿느릿 지나갔고, 뒤늦은 회오(悔悟)와 연민으로 더 길게 느껴지는 시간을 보내야 했다. 그렇게 아버지와 아들의 거리가 달라지고 있는 게 눈에 보이는 듯했다.

아버지와 아들 관계. 아들이 어릴 때는 아버지가 비빌 언덕이 되어주고, 아버지가 늙으면 노구를 기댈 수 있게 자식이 어깨를 내미는 그런 밀착한 관계에 익숙한 세대를 살았다. 그러나 요즈음은 부모 자식 간의 거리 개념이 달라지고 있다. 급변하는 현실에서 옛것을 고집할 수도 없겠지만, 어떤 관계에서도, 밀착이나 무관심이 아닌 적절한 거리를 두어야 시들거나 병들지 않는다.

멀리 떠나 살며 자식 도리를 못한 핑계를 스마트폰에 미뤄본다. 문명 세계에 발 딛고 사는 한 좋든 싫든 그 흐름을 타고 함께 흘러야 한다. 문명을 거부하고 저항하는 소수의 삶에 편승하려면 그에 따르는 소외와 고독을 감수해야 하는지도 모른다. 소통과 관계 흐름이 원만하지 않으면 외로울 수밖에 없는 현실이다.

사랑도 우정도 가꿔야 건강하게 자란다. 스마트폰만 다룰 줄 알아도 가까이 사는 효자를 둔 것 같으련마는 알면서도 어려운 일이다. 아흔을 넘은 아버님 여생에 이미 스마트폰이 끼어들 자리는 없어 보인다. 진작에 가르쳐 드렸더라면 싶을 따름이다. 사는 게 어찌 이리 뒤늦은 후회뿐인지.

돌아온 '노라'

무작정 집을 나왔다. 부부싸움도 한몫했겠지만 다만 며칠이라도 매인 데 없이 자유롭고 싶어 저지른 일이다. 상상 속에서나 가능하던 일인데 두려움보다는 일종의 쾌감이 일었다. 누가 시킨 것도 아닌데 울타리 안에서만 맴돌던 생활. 그곳을 탈출한 작은 항거를 두고 쾌감이라는 단어를 떠올리는 건, 아직 저항할 힘이 남아있다는 반가움일지 모른다.

자유를 향한 의지는 동물로서 본능이라는 생각에 용기를 냈지만, 막상 나오니 어디로 가야 할지 막막했다. 두 시간 남짓 한 방향으로만 달렸는데 고맙게도 내가 살고 있는 온타리오 주는 무척 넓었다. 달려도 달려도 끝이 날 것 같지 않자 일단은 다음 여정을 선택할 일이 없다는 데 안도했다.

헨리크 입센의 〈인형의 집〉 노라를 생각했다. 그 당시 많은 여성에게 갈채를 받으며 인형으로 살던 삶을 버리고 뛰쳐나간 그녀는,

지금쯤 어디서 무엇을 하고 있을까. 수없이 날갯짓을 해야 공중에 떠 있을 수 있는 거라면, 온전한 자유란 푸른 하늘에서조차 꿈이다. 안에서 내다본 하늘과 실제 황야의 하늘은 얼마나 많이 다른가. 생존을 위한 날갯짓은 세상 어디서도 우아할 수도 자유로울 수도 없다는 것을 노라는 알고 나갔을까.

'행복한 줄 알았지 행복하지는 않았다'던 노라를 떠올리며 나의 삶을 생각했다. 결혼한 이래 진정한 '나 자신'으로 살아본 적이 있던가. 학교와 집을 쳇바퀴 돌 듯 오가며, 퇴근하기가 무섭게 또 다른 역할을 맡아야 했던 시간. 시댁과 친정, 가정과 직장, 그 안에서 이어지는 거미줄 같은 관계는 편안하면서도 때로는 벗어버리고 싶은 굴레로 여겨졌다. 내가 맡은 여러 역할이 버거울 때면 나 역시 노라처럼 태엽만 감아주면 움직이는 자동인형으로 살아온 게 아닌가 하며 정체성에 회의했다. 그간의 삶이 내가 자발적으로 선택한 결과라고는 해도, 한정된 범위 내에서 주어진 것 중 하나를 골랐을 뿐 그밖의 것도 있을 수 있다는 생각은 왜 못했던가 싶었다.

벗어놓은 빨래처럼 항상 누군가를 위해 먼지와 땀으로 얼룩져야 하는 삶이었다. 그런 일상을 당연하다 여겼고, 내가 만든 규정에 나 스스로를 몰아넣으며 힘들어했다. 그러자니 나를 위한 시간이나 나만의 공간은 꿈꾸기 어려웠다. 한 달만이라도 아무도 없는 곳에 가서 책이나 실컷 읽었으면, 하는 게 내 나이 삼십 중반의 가장 절실한 바람이었다.

바람을 바람으로 품은 채 십 년이라는 시간이 지났을 무렵 온 가족이 캐나다로 이민 오게 되었다. 고국에서 내가 '나'이게끔 하던 것들을 말끔히 지워버리고 다시 태어나는 혁신을 꿈꾸기에 이보다 더 좋은 기회는 없다고 생각했다. 진정 변화를 원하면 '지금까지의 나'이기를 그만 두면 된다는 단순한 이치 앞에 설레기까지 했다. 그러나 매인 데 없이 산다고 해도 굳어버린 나의 의식이 변하지 않은 한 어떤 것도 달라지지 않는다는, 그 중요한 사실은 간과하고 말았다. 한국에서 우리 부부는 각자 직장생활을 하느라 얼굴 볼 시간도 없을 정도로 바빴다. 그러다가 이민 와서 스물네 시간 함께 있다 보니, 몰랐던 성격과 습성이 하나씩 보이기 시작했다. 자유롭기는 커녕 서로에게 '집에 있는 남편'과 '잔소리하는 아내'라는 새로운 짐이 더 생긴 셈이었다.

차창을 끝까지 내렸다. 밀고 들어오는 바람이 가지런하던 머리카락을 흩트렸다. 통쾌했다. 겉모습이 그렇게 흐트러질 수 있다는 건 안으로도 무너질 수 있다는 조짐 같아 보였다. 내 젊음의 가장 빛나던 시간을 새장 안에서 보낸 것 같아 뭔지 모르게 억울하던 참인데, 바람이 구세주 같았다.

창밖으로 시선을 돌렸다. 산을 닮은 야트막한 구릉들이 휙휙 지나가며 어디에도 사람이라고는 보이지 않자 서늘한 바람이 등을 적셨다. 꼿꼿하게 서 있던 그림자들이 하나 둘 흔들리며 드러누웠다. 아무것도 보이지 않았다. 나는 어디에 있는가. 가로등도 없는 길을 소심하고 겁 많은 여자 혼자 정처 없이 달리고 있었다. 얼마든지 즐길 것 같던 끈 풀린 자유가 불과 한나절 만에 당혹스럽다니. 100년 전 노라의 용기를 떠올리며 나는 21세기 여자라고 외쳤다. 그러나 어둠이 찾아오니 갑자기 온 세상이 벼린 칼날을 숨긴 적군 같아 보이고 애초에 집을 나온 목적마저 가물거렸다.

환하게 불 밝힌 내 집을 떠난 지가 몇 년은 된 것 같고 그날이 그날 같던 권태로운 질서마저 그리웠다. 한 자리가 비어있는 휑한 식탁에서 두 남자가 맥없이 달그락거릴 젓가락 소리가 환청처럼 들렸다. 우리 집. 무엇과도 바꿀 수 없는 소중한 것들이 다 거기 있는데, 왜 나는 여기에 있는 것일까. 뜨거운 덩어리 같은 게 치밀었다. 폭풍처럼 몰아치는 가족의 힘에 저항하지 못하고 이대로 돌아설 것인가. 내 발로 집에 들어갈 일이 아득했고 구겨진 자존심이 애처로웠다. 밉상이던 남편이지만, 불러만 주면 못 이긴 체하고 들어가고 싶었다.

속박을 벗어나 세상을 훨훨 날겠다던 꿈. 그리도 간절히 바라던 자유란 게 고작 여기까지이던가. 바깥으로 뛰쳐나올 일이 아니라 내가 선 자리에서 영혼의 자유로움을 추구하는 일, 그것일지도 모른다. 나를 속박한 것은 공간도, 시간도, 내가 맡은 역할도 아니다. 마음이 자유로우면 밧줄에 묶여도 자유롭고 마음이 묶이면 허공을 날아도 구속이다. 이 단순한 진실을 깨닫게 한 하룻밤 가출은, 그러나, 살면서 내가 한 일 중에 가장 멋진 파격이었다.

아버지의 외투

꿈에서 깨어, 간절히 불러낸 아버지 형상 앞에 가만히 손을 내밀어보았다. 식지 않은 체온이 내게로 전해오는 것 같았다. 어젯밤 꿈에 아버지를 만났다. 낯익은 외투를 입고 스치듯 지나가는 모습에 깜짝 놀라 돌아서서 아버지 팔을 잡았다. 꿈속에서도 나는 아버지가 이 세상 분이 아니라는 걸 알고 있어서 그 장면이 믿어지지 않아 직접 만져보며 확인했나 보다. 그런데, 정말 만져졌다. 단단한 팔 근육이 주던 촉감이 아직도 손가락 끝에 묻어있는 것처럼 생생하다.

꿈은 설명하지 않는다. 암시와 상징으로 이루어져 있어 해석은 오롯이 꿈꾼 자의 몫으로 남는다. 그래서 안타깝기도 하지만, 또 그 때문에 편안하기도 하다. 아버지 사랑을 감촉으로 느껴보고 싶어 그런 꿈을 꾼 게 아닐까, 내 나름의 해몽을 해본다.

부성애는 모성애와는 또 다른 의미와 이미지를 지닌다. 내게 모성을 언어로 표현하라면 그 근처까지는 접근할 수 있을 것 같은데 부성은, 그 깊이를 가늠할 수 없는 부성은 어떻게 표현해야 할지 막막하다. 나는 부성애라는 단어를 떠올리면 표현이나 설명이 아닌, 느낌을 통해 더 분명하고 섬세하게 반응한다. 아버지와 나 사이의 끈끈한 유대감은 신체적인 접촉에서가 아니라 대화와 사랑으로 이루어진 것이다. 그런데 아버지 외투를 통해 지나간 사랑이 만져진다는 건 어떤 의미일까.

장례식을 마치고 유품을 정리하여 딸들이 나누어 갖기로 했다. 나는 그중에 아버지가 마지막까지 베고 누우셨던 베개와 외투를 가져왔다. 베개는 아버지 냄새가 그리워서, 외투는 우리가 공유한 과거 시간을 회복한다는 의미에서 소중했다. 프루스트가 홍차에 적신 마들렌 과자로 과거를 더듬어가며 회상했듯, 나는 냄새를 붙들고 아버지와 나누던 시간으로 돌아가기를 꿈꾼 게 아닌가 싶다.

체취란, 마음으로 그릴 수밖에 없는 이미지와는 달리 한 인간의 축약된 삶을 표출하는 구체적인 감각이다. 누군가가 사용하던 방에 밴 냄새가 방 주인의 삶을 대변하듯, 오래 입던 옷에 밴 체취가 그렇다는 의미이다. 아버지 냄새로 우리가 나누던 추억을 기리고 싶어 외투를 몇 번 꺼내어 보긴 했지만, 그때마다 울컥 밀려드는 슬픔 덩어리가 너무 컸다. 휘발되지 않은 냄새는 에두름 없이 바로 심장으로 걸어 들어와 상실감에 무력해진 내 무릎을 꺾곤 했다. 아픈 추억은 날 것일 때 꺼내어 보면 위험할 수 있다. 미친 불꽃처럼 화염을 날름거리며 타오를 때는 몇 걸음 물러서서 시간이 지나기를 기다려야 한다는 것을 나는 그때 알았다.

그 후 여러 해를 거듭 보내고 웬만큼 나이가 들어서야 아버지 외투를 꺼내어 담담히 마주할 수 있었다. 가볍고 따스한 녹색 외투는 찬바람이 불기 시작하면 아버지 몸에서 떠나지 못했다. 모자를 눌러쓰고 습관처럼 뒷짐을 지거나 외투 주머니에 양손을 찔러 넣고 산책길을 나서던 모습이 눈에 선했다. 단편으로 흩어져 있던 모호한 기억들은 회상과 상상 속에서 형상을 갖추고 연결되어 그대로 하나의 이야기가 되었다. 외투를 가까이 안아보았다. 아버지 체취는 거의 사라졌어도 그 흐릿한 상상의 냄새로도 과거 시간을 추억할 수 있을 것 같았다. 그때의 삶이라고 다 아름다울 수야 없겠지만, 시간이 뿜어내는 마력으로 미화된 추억은 슬픈 그림자를 지우고 어느덧 아릿한 그리움으로 바뀌어 있었다.

아버지는 내가 운전하는 옆 좌석에 앉아 드라이브하는 걸 좋아했다. 친정집 근처에 살던 나는 퇴근 후면 아이를 엄마에게 맡기고 하루가 멀다고 아버지와 길을 나섰다. 우리는 복잡한 큰길을 벗어나 호젓한 뒷길로 드라이브하며 참으로 많은 이야기를 나누었다. 그 시간이 온기를 지니고 외투 속에 머물고 있었다. 드라이브 길에서 듣던 아버지 목소리뿐 아니라 하품하던 소리며 재채기할 때 공기 흔들림까지도 훼손되지 않은 상태로 살아있었다. 아버지 사랑에 빚진 것을 갚기라도 하듯, 나는 오랫동안 과거라는 강물에서 벗어나지 못했다.

그러나 냄새를 붙들고 과거 시간에 잡혀 흐를 만큼 흐른 지금, 이제는 휘청거리지 않고 그곳에서 나올 때가 되었음을 깨닫는다. 더 이어지면 서로를 힘들게 하는 집착이라는 것을 모르지 않는다. 먼발치에서 강물이 흐르는 것을 지켜보리라. 삶은 그리움이라는 생각을 떨치기가 어렵다.

아버지가 느꼈을 노년의 고독과 허무가 외투에 배어있다. 그것을 이해시키려고 참으로 많은 시간이 기다려주었나 보다. 우리가 나누던 언어와 체온과 숨결까지 그대로 간직한 외투를 벗어 옷장에 넣고 돌아서려는데, 옷자락에 묻어있던 냄새가 잠시 나를 붙든다. 아아, 그것은 노년에 이른 내 몸이 발산하는 것과 다르지 않은 익숙한 냄새였다.

행복 나들이

등교하여 교실문을 여니 온통 난리법석이었다. 발을 구르며 그럴 수가 있느냐고 목청을 높이는 아이부터 넋이 나간 듯 멍하니 앉아 눈물을 찔끔거리는 아이까지. 무슨 일이 나도 단단히 난 것 같아 심장이 북소리를 냈다. 단짝에게 소식을 전해 들은 나도 그만 자리에 털썩 주저앉고 말았다.

정말? 아무도 몰랐대. 어쩜 그렇게 감쪽같이 모르게 결혼을 할 수가 있니? 누구랑 한대? 미대 나온 여자랑. 예쁘대? 몰라. 우리가 두서없이 나눈 대화는 여기까지였다. 총각 선생님이 결혼한다고 다 이 정도로 요란을 떨지는 않았다. 거의 모든 급우의 우상인 국어 선생님이어서 충격이 그리 컸을 터였다.

신학년을 시작하던 날, 운동장 조회시간에 신임교사를 소개했다. 해마다 이맘때면 늘 있는 통상적인 일이기는 해도 우리는 너나 할 것 없이 촉각을 곤두세웠다. 대학을 갓 졸업했다는 국어 선생님. 큰 키에 호리호리한 몸매에다 지성의 상징인 검은 테 안경까지 쓰고 있었다. 멀어서 뚜렷하게 보이지는 않았지만 이유도 모르게 가슴이 설렜다. 짧게, 아주 짧게 인사를 해서 목소리도 잘 들을 수 없었다. 안타깝게도 그날 수업 시간에 국어는 없었다. 그날 밤, 나는 홀로 깨어 천 년 같은 시간을 보내야 했다.

다음날 아침, 교실문이 드르륵 열리자 우리는 밑도 끝도 없이 박수를 쳤다. 당황한 모습이 역력한 선생님은 화를 내지 않는 것으로 우리가 쳐놓은 첫 번째 관문을 통과한 셈이었다. 그렇게 시작된 인연이었다. 그는 성적보다 인성을 강조하며 자신이 읽은 책 이야기를 들려주는 것으로 수업을 열고 닫았다. 나는 그분이 한 번이라도 언급한 책은 모조리 구해서 읽기 시작했다. 어떤 책은 너무 어려워 이해가 가지 않는 것도 있었지만 나는 그렇게라도 그를 이해하고 그에게 다가가고 싶었다.

내성적이고 소극적이며 말이 없던 나는 혼자 가슴앓이를 해야 했다. 쉬는 시간마다 교무실로 달려가 면발치에서 선생님 동정을 살피며 마음을 키웠다. 급우들은 금세 선생님과 친해졌고 그럴수록 나는 뒤로 물러서며 움츠러들었다. 친구들은 교무실 선생님 책상 꽃병에 꽃을 바꿔 꽂거나 초콜릿에 편지를 끼워 책상에 살그머니 올려놓기도 했는데, 그걸 지켜보는 나는 입이 마르고 속이 타들어갔다. 점심시간이면 국어 선생님과 몇몇 선생님이 음악실에 모여 가곡을 부른다는 것을 우연히 알게 되었다. 나는 그때부터 음악실 문밖에 기대어 서서 그들의 노래를 듣는 게 버릇처럼 되었다. 지금 내가 좋아하는 가곡은 다 그때 듣던 것들이다.

그것만으로는 허기를 채울 수가 없었다. 왜 진작 몰랐을까, 과외 공부를 하면 가까이서 그를 볼 수 있다는 것을. 나는 국어 성적을 핑계로 과외 수업을 받고 싶다고 했고 아무것도 모르는 부모님은 선선히 허락하셨다. 세상을 얻은 듯 기뻤지만 속내가 들통날 게 두려워 친구와 같이 하자고 꼬드겼다. 내가 살던 영등포에서 선생님 신혼집이 있는 미아리까지는 버스로 두 시간이 걸리는 거리. 오며 가며 버스에서 참으로 많은 책을 읽었다. 선생님과 똑같은 책을 읽는다는 걸 암암리에 알리고 싶은 유치한 내 속셈을 눈치채신 건 아니겠지.

지금도 눈에 선한 신혼집은 방, 부엌, 욕실, 거실이 모두 하나씩 있는 아주 작은 아파트였다. 선생님 집을 가본다는 것만으로도 굉장한 일인데 찻잔에 받쳐 내온 홍차를 대접받다니. 그걸 아무도 모르게 가슴에 묻고 지내는 게 얼마나 괴로운지 몰랐다. 책뿐 아니라 음악도 '선생님 음악'을 좋아하려고 애썼는데 뜻밖에도 어느 날 내게 좋아하는 음악이 뭔지 물어보셨다. 나는 마음을 들킨 것 같아 들고 있던 과자를 떨어뜨릴 만큼 놀랐다. 하지만 이미 나는 선생님이 좋아하는 가곡과 클래식 음악을 꿰뚫고 있던 터라 반사적으로 답이 튀어나왔다. 바흐의 'G선상의 아리아'. 깜짝 놀라며, "그걸 좋아해? 제법이네." 하던 그날의 그 깊은 음성을 잊는다고 잊을 수 있을까.

가을이 지나고 겨울이 왔다. 졸리던 클래식 음악이 친구처럼 편안하게 들리기 시작했고 어렵던 고전도 웬만큼 이해하게 되었다. 선생님 시선을 끌기 위해 시작한 일이지만 음악과 고전에 차츰 매력을 느끼던 그 겨울은 어느 해보다 따뜻했고, 행복했다. 아무리 급우들이 선생님 사랑을 독차지해도 더는 부럽지 않았고, 누구도 질투하지 않는 너그러운 마음이 될 수 있었다. 자신의 마음이 풍요로워야 타인에게도 너그러울 수 있다는 걸 나는 그때 터득한 것 같다.

그러나 내 손을 잡아주던 행운의 여신은 거기까지만 동행하더니 모질게 돌아섰다. 바람이 몹시 불던 늦겨울 어느 날, 과외공부를 마치고 집에 가는 길에 어처구니없게도 인도에서 차도로 내려서다가 발을 삐끗한 것이 골절로 이어졌고 깁스를 해야 했다.

그것으로 나의 행복한 나들이는 허무하게 끝났고 그 후 길어진 한숨이 겨울 끝자락 어둠을 흔들었지만, 8개월의 행복은 두고두고 내 삶을 풍요롭게 해주었다. 감수성 예민하던 사춘기를 클래식 음악과 좋은 책으로 갈무리할 수 있었던 것은 나들이 덕이었으니. 나의 옛사랑은 지금쯤 무엇을 하고 계실지.

영원한 젊음을 꿈꾼 죄

저녁 설거지를 할 때였다. 불빛이 반사된 창문에 얼비친 내 얼굴이 보였다. 거울을 볼 때와는 사뭇 다른 느낌이었다. 문득 마사지 팩 생각이 났다. 그게 이름이 뭐였더라, 저녁을 먹으면서 텔레비전 광고를 기억해두려고 귀담아 들었는데 이름이 도무지 생각나질 않았다. 그저 얼굴에 붙이기만 하면 되는 초간편 마사지 팩이라는 바람에 솔깃했었는데. 처진 피부가 탱탱해지고 주름도 펴진 전 후 사진을 비교하며 보여주던 광고였다. 젊어지다니, 세월이 거꾸로도 흐르나 하면서도 혹시 모르니 이름이라도 외워둬야지 싶어 입 속으로 몇 번씩 따라 하기까지 했었다. 자연스럽게 늙어가기보다는 인위적으로라도 젊게 보여야 아름답다고 느끼는 시대를 살며, 믿어지지 않는 효능을 어떻게든 믿고 싶었던 것일까.

마침 읽고 있던 책이 영원한 젊음을 꿈꾸는 젊은이에 관한 내용이어서 관심의 촉수가 그리로 향해 있었는지도 모르겠다. 책을 펼

치다가 나도 모르게 일어나 돋보기를 쓴 채로 거울을 들여다보았다. 거울 속에서 나를 바라보는 웬 낯선 여자. 내가 책임져야 할 얼굴이 저 얼굴이었나 싶었다. 시간이 얼굴에 긋고 간 흔적을 굳이 돋보기로 확대해서까지 볼 필요는 없었는데, 어쩌자고 평소에 안 하던 짓을 한 것인지. 몸은 가꾸는 만큼 젊음을 유지할 수 있을지 몰라도 마음은 열정이 있어야 늙지 않는다. 몸과 마음이 균형 있게 늙어가는 것 이상 자연스러운 일이 또 있을까.

쓸쓸한 마음으로 책상으로 돌아와 읽던 책을 마저 읽었다. 오스카 와일드의 〈도리언 그레이의 초상〉. 영혼을 판 대가로 주인공 도리언은 영원한 젊음을 누리고, 대신에 자기 초상화가 늙어간다는 내용이다. 그 거짓말 같은 기적이 현실로 나타나자, 더는 자기 얼굴에 책임질 필요가 없어진 그는 죄의식 없이 악행과 방탕한 생활로 청춘을 탕진한다. 놀랍게도 그가 타락하는 정도에 따라 초상화 속 도리언 얼굴이 추하게 늙어가고 실제 도리언은 젊고 아름다운 청년으로 살아간다.

쾌락에 물든 겉껍질뿐인 자아와 자신의 영혼을 담은 일그러진 초상화 사이에서 괴로워하던 도리언. 그는 진실한 사랑 앞에서 마침내 변하기 시작한다. 한 순박한 시골 처녀와 사랑에 빠진 것이다. 도리언은 자기 영혼을 구해준 그녀와 사랑을 나누며 때늦은 후회와 반성을 거듭하지만, 제 주인의 삶에 책임져야 하는 초상화는 차마 보기 어려우리만치 추한 모습으로 바뀐 뒤였다. 절망하던 그는 흉측하게 일그러진 자기 초상화를 없애버리려 한다. 그러나 초상화에 꽂은 칼이 느닷없이 자기 자신의 심장을 향할 줄이야.

칼을 맞은 도리언은 갑작스럽게 흉물스러운 늙은이로 변해 쓰러지고, 그가 쓰러져 누운 자리에서 멀지 않은 곳에, 빛나는 젊음과 진정한 아름다움을 되찾은 청년의 초상화가 남는다. 결국, 사람은 가고 예술은 남은 것이다. 예술을 생활보다 우위에 두던 오스카 와일드는 예술에 관한 자신의 견해를 등장인물을 통해 전한다.

젊음과 미모를 지키고 싶은 욕망에 눈이 멀어 악행을 저지른데 대한 책임을 묻는 결말에 마음이 복잡했다. 작가는 도리언에게 늙고 추한 죽음을 안기는 것으로 끝을 맺는다. 영원한 젊음을 탐하는 욕망 자체는 악행이 아니라 어리석음이다. 작가는 그것을 지키고자 하는 과정에서 빚어진 범행을 벌하고자 했을까. 아니면 어리석음과 악행에 대한 책임을 동시에 물으려 했을까.

영원한 젊음을 간직하려는 영혼 없는 젊은이의 부질없는 몸부림은 그렇게 비극을 맞으며 막을 내리고, 영혼을 담은 초상화는 예술이라는 이름으로 남는다. 영혼 없는 아름다움의 허망함이라니. 젊음이든 미모든 끝이 없이 영원하다면 굳이 애써 지킬 필요도 집착할 이유도 없을 것이다. 한시적이기에 더 애틋하고 아쉬움을 갖게 된다는 이치를 모르랴마는.

영원한 사랑, 영원한 우정, 영원한 삶⋯. 우리가 영원이라는 단어에 애착을 갖는 건 그 어떤 것도 영원할 수 없음을 이미 알고 있기 때문이다. 젊음도 아름다움도 한순간에 지나가고, 우리 삶도 언젠가는 죽음이라는 경계를 지나게 됨을 알기에 지금 순간들이 더 빛나고 소중한 가치를 지니는 것이리라.

내 손 잡던 손

붉은 섬이 전하는 소리

　캐나다에서 제일 긴 다리, 컨페더레이션 다리(Confederation Bridge)를 건넌다. 캐나다 동쪽 끝에 있는 가장 작은 주 PEI(Prince Edward Island)와 뉴 브런즈윅(New Brunswick) 주를 잇는 다리로, 교각수가 400개이고 길이가 무려 12.9km에 이른다.

　이 다리를 건너 프린스 에드워드 섬(PEI)에 들어가면 바닷물을 제외하고는 온통 붉은색이라는 게 인상적이다. 바다 근처에 있는 흙은 특히 빨갛게 보인다. 붉은 모래와 붉은 진흙 위로 잔물결이 이는 해변을 걸으면 물색도 빨갛게 보인다. 초록 나무를 양 옆으로 거느린 붉은 흙길을 걸으면 포근함에 취하고, 붉은 모래 해변을 걸으면 발바닥이 붉게 물드는 것 같다. 붉은 사암 절벽과 파란 하늘색 대비에 눈이 부시다가도, 푸른 파도에 우뚝 선 핏빛 바위에 놀라 서늘해진다. PEI가 가장 좋아하는 작가, 루시 몽고메리가 〈빨간 머리 앤〉을 쓸 때, 앤의 머리색을 빨갛게 하려는 발상을 흙빛에서 얻은 게 아닐까 짐작해 본다.

이 섬의 에이번리 마을에 가면 우리에게 〈빨간 머리 앤〉으로 잘 알려진 〈그린 게이블즈의 앤〉(Anne of Green Gables)을 만날 수 있다. 초록과 하얀색으로 지은 나무집에 들어서면 주근깨투성이인 앤이 폴짝거리며 튀어나올 것 같고 겉으로 애정 표현을 하지 않으면서도 속 깊은 정을 주던 마릴라 아줌마가 앉아 옷을 수선하고 있을 것만 같다. 앤의 방은 아담하다. 작은 침대 하나가 겨우 들어가는 방에 파란색 커튼이 햇살에 살랑거리는 분위기가 청량하다. 앤이 신던 신발이 의자 밑에 놓여있고 침대에는 원피스가 곱게 개켜져 있다. 저 원피스에 저 신발을 신고 뛰어다녔다지. 의자 위 책 한 권, 잠들기 전에 읽었을 것 같은 책이다. 미래의 작가는 어린 시절 어떤 책을 읽었을까.

〈빨간 머리 앤〉 뮤지컬을 보는 동안, 가물거리던 책 내용이 어렴풋이 살아났다. 재미보다는 가슴 뭉클한 감동. 어렸을 때 읽던 말괄량이 앤이 아닌, 마릴라 아줌마에게 사랑이 무엇인지 가르쳐 준 따뜻한 아이로 다가왔다. 그들이 이제는 전 세계에서 찾아오는 방문객에게 사랑을 전하고 있다. 1985년에 드라마로 제작된 이래 2016년에 리메이크되어 방영 중이라니 고전이 될 법도 한 명작이다.

15개국 언어로 번역된 〈빨간 머리 앤〉으로 전 세계인에게 사랑받는 작가 몽고메리가 발그레한 톤으로 조용조용 이야기하는 작은 섬. 앤과 마릴라 아줌마의 가슴 뭉클한 사랑 이야기는 오늘도 그렇게 책으로 음악으로 30년이 넘도록 그림 같은 섬에 잔잔히 퍼지고 있다.

작가는 단순히 글을 쓰는 사람이 아니라, 깊이 생각하며 삶을 열정적으로 살아가는 사람이다. 단편으로 떠도는 생각을 모아 글 한 편으로 엮으려면 일상의 작은 풍경과 하찮은 사건 하나조차도 애정 어린 시선으로 들여다볼 줄 알아야 한다. 창작은 열정 없이는 할 수 없는 일이다. 작가의 고독한 작업이 이루어지던 시간을 언어로 교감하는 독자, 작품을 통해 자기 자신을 발견하는 것으로 작가와 독자 사이에 순환하는 연결고리가 형성된다. 자신이 태어나 조부모와 함께 생활하던 작은 섬에 대한 사랑과 열정이 〈그린 게이블즈의 앤〉이라는 명작을 탄생하게 했으리. 그리고 그것이 아직도 수많은 독자의 발길이 끊이지 않고 그곳을 찾게 만드는 비결이리라.

내가 그곳을 찾은 날은 주위의 빨간 흙 때문인지 하늘이 더 파랗게 보였다. 어디선가 바람이 불어왔다. 둘러보니 광활한 대지와 망망대해뿐이었다. 끝없이 텅 빈 듯한 저 붉은 땅과 대양이 실은 생명으로 들끓고 있다고, 지나가는 바람이 알려주는 듯했다. 바람의 말에 생명을 불어넣으면 이야기가 되고 글이 되는 게 아닐까, 나는 잠시 생각에 잠겼다.

숲길을 걸을 때에도 무엇인가 전하려는 듯한 바람을 다시 만났다. 먼 옛적 마차를 끌고 가는 말발굽 소리와 두런거리는 마을 주민 목소리를 바람의 몸에서 듣는다. 보이지 않는 세계에서 보이는 세상을 끌어내는 것, 보이는 세상에서 보이지 않는 세계를 노래하는 것, 그것이 문학인지 모른다. 왜 사느냐를 묻는 게 철학이라면, 어떻게 사느냐를 함께 생각하는 것이 문학일 것이다. 이상(理想)으로 존재하는 세계와 실재하는 세계를 이어주는 다리 역할을 하는 것도 문학의 몫이 아닐까 싶다. 이곳을 여행하는 내내, 바람이 비워낸 곳을 문학이 채워준다는 느낌을 받는다. 언제쯤이면 바람이 전하는 말을 문학적 언어로 온전히 표현할 수 있을까.

가족사진 속의 시간

    미국에 살고 있는 외사촌 오빠가 전화를 했다. 내 스마트폰에 들어있는 우리 가족사진을 우연히 보았는데 내 얼굴이 어쩌면 고모를 닮아도 그렇게 꼭 닮았냐며, 처음 보는 순간 고모 젊었을 적 사진인 줄 알고 깜짝 놀랐다고 했다. 고모는 나의 친정어머니를 가리키는 말이었다.

    우리가 캐나다로 이민 오기 전, 친정 식구들이 다 같이 모여 외식을 하기로 한 날이었다. 친정아버지는 모두 모인 김에 음식점 가기 전에 가족사진부터 찍자고 했다. 느닷없는 제안에 어리둥절한 우리는 나중에 옷이라도 잘 차려 입고 찍자며 내키지 않아 했지만, 아버지는 '나중에'라는 게 어디 있느냐며 강행하셨다. 얼결에 따라나선 우리는 평생 별러서 한 번 찍는 가족사진을 청바지와 후줄근한 티셔츠 차림으로 찍어야 했다.

    아버지는 사진을 가로세로 1미터가 넘게 인화해서 전시회에서

나 봄직한 멋스러운 액자에 넣어 벽에 걸어두셨다. 사진 속 우리 가족은 입던 옷차림이라 촌스럽기는 해도, 그래서 오히려 더 친숙하고 자연스러워 보였다. "나중에라는 건 없다"시던 아버지는, 그때가 마지막인 걸 예언이나 한 듯 이듬해에 이승을 떠나셨고 벽에는 가족사진만 덩그러니 남았다.

세월은 어김없이 흘렀다. 사진 찍을 당시에는 어리던 나의 아들이 캐나다에서 결혼식을 치른 이듬해, 엄마를 뵈러 친정에 갔을 때였다. 아버지 생각이 나서 거실 벽에 걸린 가족사진을 바라보다 문득 마주친 엄마 얼굴. 젊은 엄마가 사진 속에서 웃고 있었다. 엄마라는 존재는 나이 든 노인이어야 한다는 듯, 그날따라 엄마가 젊다는 것이 왠지 낯설었다. 엄마 나이가 팔순을 훨씬 넘었고 나 자신이 이미 사진에 있는 엄마 나이가 되어 있어서 그랬을까.

개인의 기억과 경험도 기록을 통해 역사가 될 수 있듯이, 사진 한 장에 담긴 가족 얼굴에서 나는 많은 이야기를 듣고 있었다. 사진 속 시간의 흐름을 읽으며, 젊은 엄마 얼굴에 나의 흔적이 들어있고 사진에 있는 엄마 얼굴이 바로 내 얼굴일지 모른다는 생각을 했다. 나는 사진에서 눈을 떼지 못한 채, 엄마에게서 나에게로 대물림되어 온 삶의 행로를 떠올리고 있었다. 어릴 때는 철이 없어서 그랬을 테고 결혼하고 나서는 바쁘다는 핑계가 있겠지만, 엄마가 지나온 시간을 건너다볼 마음의 겨를이 그토록 없었을까 싶었다. 형체 없이 삭아서 내 몸의 일부가 되었을 엄마의 시간을, 나는 처음으로 가족사진 속에서 발견한 거였다.

훗날 내 아들이 지금 내 나이가 되었을 무렵, 어쩌다 꺼내본 사진 속 젊은 아빠에게서 제 모습을 느낄지도 모른다. 그리고 제 아빠가 처음부터 나이 든 사람이 아니라 그에게도 주체 못할 젊음이 있던 존재라는 걸 불현듯 깨달을지 모른다. 사진 속 아빠를 닮은 제 얼굴과 자기 얼굴에 스며있는 아빠의 시간을 발견하고 과거를 추억하는 아들 마음도 내 심정 같지 않을까.

언젠가 내가 사춘기를 막 지날 즈음, 사촌오빠가 내게 무엇인가를 보여주었다. 거기에는 우리 삶의 어긋난 시간을 노래하는 시(詩)가 적혀있었다.

'아이가 아빠와 같이 놀고 싶어 할 때 젊은 아빠는 너무 바빠서 나중에, 하며 미룬다. 아이가 자라 어른이 되었을 때 늙고 외로운 아버지가 아들과 같이 시간을 보내고 싶다며 손을 내밀자 아들은, 지금은 너무 바쁘니 나중에요, 하며 미룬다.'

자세히는 생각나지 않아도 대강 그런 내용이었다. 아버지와 아들이 생활에 떠밀려 어긋난 시간을 살다가, 아버지 죽음을 앞두고서야 보이는 늙은 아버지의 외로웠을 시간을 돌아보며 통한하는 시였다. 그 시를 읽고 '나는 그렇게 살지 말아야지' 하고 다짐하던 기억이 나지만, 우리 부모님 삶도 내 앞의 삶도 그리 호락호락하지만은 않았다.

돌이켜 보면 무슨 대단한 삶을 사는 것도 아닌데, 시(詩)에 나오는 아버지와 아들처럼 우리 역시 발 밑만 바라보며 '나중에'를 되풀이하고 있는 건 아닌가 싶다. 두 아이를 둔 내 아들은 젊었을 적 제 아빠처럼 숨찬 시간의 궤도를 돌고 있고, 아들 아빠인 나의 남편은 초로에 접어든 아버지가 되어 구부정한 시간 속에 머물고 있다. 그때 읽은 시(詩)처럼 살지 않겠다던 다짐은 허튼 다짐으로 끝났고, 시 속의 그들과 별로 다를 것도 없이 황혼에 이른 우리 부부의 시간은 닳고 닳은 신발처럼 마냥 헐겁다.

무심하게 스쳐 보낼 뻔한 엄마의 시간을 빛바랜 가족사진 속에서 발견했듯이, 나이가 들어서야 앞서간 세월의 참모습이 보이기 시작하는 것 같다. 그게 시간이 주는 힘인가 보다. 젊어서는 못 보던 소중한 것들을 뒤늦게 알아차리게 되는 눈뜸의 시간, 그 시간 앞에 내가, 그리고 우리가 있다.

늙지 않는 편지

우연히 발견한 빛바랜 종이뭉치가 세월 저편에 있던 편지라는 걸 깨닫는 순간, 손끝이 떨렸다. 서른 몇 해 전 기억의 문이 젖혀지면서, 잠들어 있던 시간이 앞을 다투며 쏟아져 나왔다.

중동에서 근무하다가 휴가차 잠시 귀국해 있던 한 남자와 맞선을 보았다. 꼭 세 번 만나고 나서 그는 목걸이 하나를 손에 쥐어주더니 이라크 건설현장으로 날아갔고, 그 후 이어진 편지로 우리는 부부의 연을 맺게 되었다. 겨우 이름만 알던 낯선 남자와 편지로 키운 환상이 어떻다는 걸 미처 알지 못할 때였다. 내용이야 어찌 됐든 일년 육 개월 간 주고받은 편지가 두툼한 분량이 될 무렵 그가 돌아왔다. 80년대 초에는 편지를 지금처럼 이메일로 간편하게 주고받을수 있는 시대가 아니었다. 편지지에 정성 들여 쓴 글자가 하나만 틀려도 지우고 버리기를 수없이 반복하며 긴장과 설렘 속에서 쓴 편지, 그 간지럽고 유치한 편지들이 책 한 권 부피로 남았다.

한 남자와 여자가 한국과 이라크라는 물리적인 거리를 사이에 두고 그리움의 불꽃을 사르며 주고받던 편지였다. 그리움이란, 사랑하는 사람에 관한 기억을 마음과 몸 어딘가에 새기는 일 아닐까. 그가 좋아하던 나의 언어를 기억하여 마음에 새기고, 그가 좋아하던 나의 몸짓을 기억하여 몸에 새겼다. 편지에 들어있던 추상적인 남자에게 익숙해진 나는, 어느 날 불쑥 현실의 남편이 되어 나타난 그가 낯설었다. 달콤했던 환상의 껍질을 하나씩 벗겨내며 맵고 짠 현실을 자연스럽게 받아들이기에는 내가 너무 낭만적이었던 걸까. 편지지에 무지갯빛으로 그려진 남자로서의 기억이 전부인 신혼 시절, 나는 말로 내놓을 수 없는 일들을 일기장에 털어놓기 시작했다. 편지로 소통하는 길이 막히자 일기라는 나 자신에게 말을 거는 방법을 택한 셈이었다.

그렇게 우리는 중년의 나이에 이르면서 시간의 힘에 기대어 서로에게 길들었다. 익숙해지니 평화롭고 편안했다. 그러나 삶은 그런 우리를 가만 내버려두려 하지 않았다. 생의 중심이 휘청거리는, 이민이라는 결정을 내리게 한 것이다. 토론토행 비행기에 몸을 싣던 날, 이 땅에서 가치 있고 소중하다 여기던 모든 것을 기꺼이 내려놓을 각오가 되었는지 나 자신에게 물어야 했다. 머리와 가슴은 각기 다른 답을 내놓았다.

남의 나라로 옮겨가는 삶은 가벼워야 한다는 걸 모르지 않았고, 짧지 않은 40여 년 간 삶이 응축된 일기도 그중에 하나였다. 이민 오기 위해 이삿짐을 정리하면서 폐기한 일기장만도 몇 권인지 모른다. 고국에서 언어로 남아있던 나의 흔적을 모두 지워버린 경솔함을 후회하며 빈한한 기억력으로 추억을 더듬을 때면, 이국의 외로움이 더욱 날카롭게 가슴을 파고들었다. 그럴 때면 용케도 이민 보따리 속에 숨어있다가 이곳까지 함께 흘러들어온 편지 뭉치를 떠올렸고, 그게 집안 어디엔가 있다는 사실만으로도 왠지 마음이 넉넉해지곤 했다.

마음을 달래며 일기를 쓰던 내 안의 작은 공간에서, 이제 나는 다른 장르의 글을 쓴다. 타국에서 이유도 모르게 흔들리는 몸과 마음을 부릴 공간, 사람과 사람 사이에 적당한 거리와 온도를 유지하기 위해 드나들 수 있는 내 안의 외딴 방이 가끔은 필요하다. 그 안에 있는 동안 나는 고독하면서도 평온하다. 그곳에서 낯선 시간을 만나고, 새로운 생각을 얻고, 참 나의 모습을 찾으려고 애쓴다. 남편은 이제, 나만의 그곳에 들어오지 않고 내가 나갈 때까지 기다릴 줄 안다. 나 또한 그의 공간을 존중할 줄 알게 되었다.

남녀 간의 편지는 열정이 있을 때 타오를 수 있는 불꽃이다. 우리의 편지는 서른 중반에서 멈춰있다. 앞으로도 편지 쓸 일은 없을 것 같으니 글이 더 늙는 일도 없을 것이다. 편지를 주고받지 않는 건, 서로를 너무 잘 알고 있어서가 아니라 열정이 사그라져서 그럴지 모른다. 정서적인 온기가 식어가는 것도 늙는 과정 아닐까. 그렇다고 서로에게 관심이 아주 없는 건 아니다. 모든 게 시들하고 대수롭지 않게 여겨지다가도 가끔 바라보게 되는 정스러운 눈빛 같은 것. 무덤덤하다가도 옆에 있어 주어 고맙다는 생각을 어느 순간 불현듯, 정말 '불이 현 듯' 하며 살아가는 게 부부로 늙어가는 일인지도 모른다.

우리가 주고받은 편지는 우리 생의 가장 마지막까지 동행하여 어느 한쪽이 혼자가 되었을 때, 남은 이의 온기를 가만히 붙들어주리라. 뜨겁던 잉걸불을 간직한 편지는 언제까지고 식지 않을 테니까. 편지에 등장하는 주인공이 누구였던가 싶으리만치 멀리 와버린 삶이지만, 거기에는 우리의 젊음이 고스란히 녹아있는 '늙지 않는 시간'이 들어있다. 내게 편지는 다시 돌아가고 싶은 젊음이며, 몸이 기억하고 마음이 추억하는 그리움이다.

언제 한번

여고시절, 단짝 친구와 '비밀 정원'이라 부르며 드나들던 곳이 있었다. 교문을 들어서면 운동장에서 올려다 보이는 경사진 면에 듬성듬성 서 있는 나무 사이로 나지막한 바위들이 자리 잡은 동산. 바위 틈서리에 키 작은 풀 같은 것들을 심어놓아 녹색뿐인 그곳은, 볕이 들지 않아 음습했고 그래서 더 비밀스러웠다. 비밀 정원은, 교사 전면이 붉은 벽돌인 데다 담쟁이 넝쿨로 덮여있어 중세의 성 같아 보이는 건물 분위기와도 잘 어울렸다.

바위가 있는 호젓한 곳을 무슨 대단한 비밀이나 되는 것처럼 살그머니 알려주는 것으로 나는 그 애와 가까워졌다. 하루에 서로의 비밀을 하나씩 말하며 마치 비밀결사대원이라도 된 듯 우리 우정은 급속도로 단단해졌다. 틈만 나면 찾아가 매일 시를 읽고, 커튼 너머에 있던 마음속 꿈 자락을 들춰가며 이야기했다. 그곳에는 몇 갈래로 나뉜 아주 좁은 길이 있었는데 방향이 서로 다른 길은 체육

관과 도서실, 교실, 매점으로 이어졌다. 멀지 않은 미래에 우리가 가야 할 길이 그렇게 서로 다르리라는 걸 예언이라도 하듯이.

교직생활을 하며 학창 시절을 회상할 때마다, 언젠가 나의 비밀 동산에 가서 오솔길이라 부르던 길을 걸으며 풋풋했던 우리 영혼을 다시 만나보리라 다짐했다. 그러나 '언제 한번'이라는 말은 생각처럼 그리 쉽게 손에 쥘 수 있는 단어가 아니었다. 모교가 도심의 자리를 지키지 못하고 다른 지역으로 옮겼다는 소식을 들었을 때, 바위틈마다 서려있을 우리 꿈도 비밀도 함께 날아가버린 것만 같았다.

아무리 되돌려 생각해도 꼭 그 장소가 아니면 살려낼 수 없는 추억이 있다. 그래서 우리는 고향을 그리워하고 어릴 적 동네를 찾아가서 그때를 추억하는지도 모른다. 그토록 심각하게 주고받던 비밀 이야기란 어떤 것이었을까. 가보고 싶던 모교를 잃어버린 충격은 파장이 컸다. 마치 보물을 묻어둔 비밀 장소를 통째로 빼앗긴 것처럼 허전했다. 기억을 짜깁기하여 만들어낸 공간이란 얼마나 부스러지기 쉬운가. 기억이란 상상을 거듭할수록 실재하던 형상이 바뀌고 느낌도 변한다. 내 기억에 자리한 과거를 확인하고 싶어 그리움을 키워온 건데, '언제 한번'이라는 생명 없는 단어 때문에 소중한 것을 잃어버렸다는 아쉬움. 그리워하거나 아쉬워하는, 그 모든 것의 부질없음.

그 뒤로 나는 나 자신에게든 타인에게든 그 말을 아주 조심하게 되었다. 그 모호하고 막연한 말 대신, 하고 싶은 일은 멀리 미뤄두지 않고 구체적으로 계획하기 시작했다. 그건 놀라운 변화였다. 직장 생활하랴 아이 돌보면서 집안일하랴 눈코 뜰 새 없이 바쁜 중에 그리 한다는 게 만만치는 않았지만, 새로운 변화는 오히려 삶에 생기와 활기를 주었다.

그러던 어느 날, 교무실 먼발치에서 바라만 보며 관심을 키우던 선배 교사가 언제 차나 같이하자고 했다. 그날은 의례적인 대답 대신 뜻밖의 말이 튀어나왔다. 나는 어쭙잖게 배운 말을 낯선 외국인에게 해봤을 때처럼 어색했고, 그저 지나가는 말로 했는데 눈치도 없이 달려든 것 같아 순간의 경솔함에 가슴을 쳤다. 천 년 같은 몇 초가 흐르는 동안, 나는 숨을 멈춘 채 선배의 다음 말을 초조하게 기다렸다. 나만큼이나 놀란 눈빛으로 웃는 선배 얼굴을 보고서야 안도의 숨을 내쉴 수 있었다. 그건 그와 함께할 시간이 기뻐서라기보다는 용기를 낸 최초의 시도가 거부되거나 무시되지 않았다는 안도감이었으리. 말이 없는 성격인 것 같아 어떤 사람인지 궁금해서 오래 지켜보았는데, 조용하지만 여러 면에서 도저함이 느껴지는 후배 교사에게 관심이 많았노라고 그는 말했다.

같은 직장에서 오래 근무했으니 하루에도 수십 번씩 마주치는 관계였지만, 개인적인 만남은 그렇게 시작되었다. 우리는 정신적인 교류를 거듭하면서 든든한 기둥에 서로의 영혼을 기댄 듯 편안했다. 언제 한번을 현실로 만들었기에 소중한 인연 하나를 내 삶에 묶었고, 그 끈을 잡고 세상의 파도를 견디는 법을 익힐 수 있었다. 모교를 가보겠다던 바람은 못 이뤘어도, 적절한 때를 놓치지 말아야 한다는 것을 '언제 한번' 덕분에 배운 셈이다. 다시는 가볼 수 없는 모교, 애잔한 그림으로 남은 비밀 동산에 노을 지는 마음을 얹는다.

내 손 잡던 손

내일이면 떠나는 날이다. 친정엄마와 보내는 마지막 밤. 고개는 벽을 향한 채 슬그머니 이불속 엄마 손을 더듬어본다. 눈물을 보이지 않기로 며칠 전부터 약속했기에 엄마 눈을 바라볼 자신이 없다.

오늘 엄마의 손은 사랑이나 정 같은 느낌보다는 그저 아픔이 전해오는 손이다. 엄마도 나와 같은 마음인지 손을 잡힌 채 아까부터 미동도 없다. 말없이 잡은 손에 지그시 힘을 주어 본다. 이 손을 놓으면 다시 잡을 수 있을지, 아흔이라는 엄마 나이를 의식하면 '다음에'라는 말이 무슨 의미가 있을는지. 새벽까지 그렇게 손을 잡고 있었다. 잠결에도 잡은 손 놓지 말아야지 하던 기억이 나는데 속절없이 찾아온 아침에 우리 손은 맥없이 풀려 있었고 우리는 또 한 번 이별을 해야 했다.

그렇게 내 손을 잡았다가 놓은 손을 생각한다. 늦게 퇴근하여, 잠든 아기의 앙증맞고 말캉거리는 손을 가만히 쥐면 가슴 벅차면서도 먹먹했다. 장거리 통근하며 직장에 다니는 내 손은 아기에게 늘 미안했다. 방에 들어서는 제 엄마 얼굴만 보여도 동그랗게 웃으며 내밀던 손. 쥐어보는 것도 아깝던 손인데 언제 내게서 빠져나갔을까.

중학교에 들어간 아들 손가락이 조금씩 굵어지기 시작하면서 우리는 손을 잡는 일도 드물어졌다. 얼굴 보기도 어렵던 대학 시절을 마치는가 싶더니 어느 가을날, 햇볕 내려앉는 공원에서 그 손은 사랑하는 여자의 손을 잡았다. 아들의 손은 내가 알아차리지 못하는 사이에 제 아빠 손만큼이나 커져있었고 뼈마디가 굵어져 제법 듬직해 보였다. 나는 아들 손에 들어있는 며느리의 하얀 손을 바라보며, 잠깐 한눈파는 사이에 지나가버린 듯한 세월을 느껴야 했다.

세상에서 제일 크던 손을 기억한다. 바위도 쥐고 흔들 것 같던 아버지의 손. 어릴 때 그 손은 못할 게 없는 만능 손이었다. 힘이 나오고 돈이 나오고 사랑이 나오는. 한 손으로는 잡지 못해 두 손으로 감싸서 잡던 촉감이 선명한데, 어느 시점부터 우리 손은 같이 늙어갔다. 결혼하고 주부로 교사로, 시간을 다투는 일상에 밀려 아버지 손을 잡기는커녕 바라볼 기회마저 드물었다.

세월은 흘렀고 아버지는 일흔이 넘은 노인이 되었다. 내 나이 마흔몇에 잡아본 아버지 손, 언제 살이 빠져나갔는지 힘없이 밀리는 손등을 말없이 어루만지던 시간을 나는 기억한다. 이민 오기 며칠 전이었다. 아버지 옆에 앉아있다가 나도 모르게 눈물이 툭 떨어졌고 그걸 감추려고 허둥거리다 엉겁결에 잡은 손. 언제까지나 크고 듬직할 것 같던 그 손은, 맏딸의 무심함을 탓하려는지 온기를 잃은 힘줄과 거죽만 남은 듯했다. 아버지도 내 속내를 읽었는지 무슨 말인가 하려다 말았고 나는 잡은 손을 어쩌지 못한 채 천장만 바라보며 앉아있었다.

이민 온 지 몇 달 지나지도 않았는데 자리에 누우셨다는 소식을 듣고, 배편으로 온 이삿짐을 정리하기도 전에 아버지를 만나러 날아갔다. 모든 게 내가 이민을 왔기 때문이라는 자책에서 헤어날 수가 없었다. 아버지와 두 달 반 동안 병실에서 불안한 시간을 보내다가, 죽음의 그림자가 두려워 눈을 마주치는 것조차 조심스러울 때쯤 나는 그 손을 영영 놓아야 했다.

삶이란 이렇게 차례로 손을 놓고 놓다가 떠나는 것이겠구나. 만나서 반갑다며 잡은 손의 온기가 채 가시기도 전에 떠난다고 손을 내밀던 이들. 많은 얼굴이 바람처럼 스치고 지나간다. 이별하는 내 손을 마지막으로 잡아주는 사람이 남편이 아니면 좋겠다. 떠나는 그의 손을 내가 잡아주고 싶다. 아내의 손을 잡고 평온하게 떠날 수 있도록 배웅한다면, 만일 그럴 수 있는 일이라면, 그가 원하는 아내로 살지 못한 미안함을 조금은 덜 것 같아서다.

흐르지 않을 것 같던 마딘 시간도 어김없이 지나, 내 아들이 아기였을 때보다 더 여리게 느껴지는 고사리손을 선물처럼 받았다. 내 아들의 아들, 두 손자의 손이다. 작은 손가락을 움직여 우리 부부의 손을 잡을 때면 우리는 세상 모든 것을 다 잊은 듯, 아니 다 얻은 듯한 표정이 되곤 한다. 손자는, 되돌릴 수 없는 시간의 끝에 서 있는 삶의 허무마저 잊게 해주는 존재다. 인생의 저물녘에 온전히 흔흔할 수 있는 시간은 두 손자를 품에 안고 있을 때라고 말한다면 과장일까. 시간에 눌려 조금씩 주저앉는 나를, 그리고 우리 부부를, 오늘도 고 여린 손들이 일으켜 세운다.

나는 왜 너가 아니고 나인가

덥다. 9월 말인데도 30도를 웃도는 날씨, '천둥소리를 내는 물'이 그립다. 이 땅의 선조인 인디언이 나이아가라 폭포에 붙인 이름이다. '천둥소리'라는 이름을 알고 다시 폭포 앞에 섰을 때, 그들의 언어감각에 감탄하지 않을 수 없었다.

캐나다에 이민 와서 원주민에 관한 이야기를 들을 무렵, 류시화 시인이 엮은 인디언 연설문 모음집 〈나는 왜 너가 아니고 나인가〉를 만났다. 책을 읽는 동안, 내 삶이 원주민 선조의 영혼을 닮는다면 현재보다 조금은 더 맑고 조금은 더 편안하지 않을까 생각했다. 내가 책 속의 주인공 영혼을 닮고 싶다고 바란 적이 몇 번이나 있을까.

지구상에 수많은 생명체가 자기들만의 독특한 방식으로 생존한다. 캐나다에서도 다양한 부족이 각기 다른 언어로 자신의 신을 추앙하고 고유한 문화를 계승하며 살았다고 한다. 유럽인이 정착하기 전까지는 맞서는 대결구도가 아닌, 공존하고 공생하는 삶이 가능했다는 의미이다. 해안에서 물고기를 잡고 버펄로(들소) 떼를 쫓아 평원으로 이동하며 자연에서 평화로운 삶을 살던 그들에게 유럽인의 물결과 함께 큰 변화가 찾아온다.

백인에게 땅을 넘기는 과정에서 빚어지는 갈등과 마찰과 폭력으로 원주민은 살던 땅에 대한 권리를 포기하기에 이른다. 토착화한 문화를 지우고 서구문화를 주입시키며 원주민이 섬기던 신을 서양의 유일신으로 대치하는 과정에서도 피를 흘려야 했다. 문서화된 조약에 서명하는 것으로, 소유의 개념도 축적의 의미도 알지 못하던 원주민의 거의 모든 땅이 백인 소유가 된 후 원주민은 보호지역으로 강제 이송된다.

조약에 서명을 하고 약속을 수없이 하면서도 번번이 지키지 않는 백인에 대한 불신은 끝없는 저항과 항거를 불렀다. 그러나 싸움에서는 더 사랑하는 사람이 지게 마련. 피를 부르는 무력 앞에 흙과 하늘과 공기를 사랑하는 그들이 굴복할 수밖에 없었다.

더는 인디언이 아닌 원주민으로 불러주기를 원하는 그들은 이제 북미 대륙에서 수적으로 질적으로 하향곡선을 긋고 있다. 원주민은 그 지역에서 본래 살던 사람을 의미한다. 전 주인이라는 의미일 수 있다. 어떻게 그들이 주인의 자리를 내주고 보호구역이라는 울타리에서 궁핍한 삶의 터전을 내리게 되었는지.

북아메리카 원주민에 관한 이야기는 어두운 역사의 한 페이지를 들춰보는 일일 수 있다. 어느 나라의 역사에도 몇 페이지쯤은 지우고 싶은 부분이 있게 마련이다. 역사는 어떤 의미에서 과거보다 현재를 돌아보는 일이기도 하다. 선진국 명성에 얼룩으로 남은 시대를 굳이 기록으로 남기는 것은, 되풀이하지 않으려는 사명의식 때문이 아닐까 싶다. 나는 책을 읽으며 원주민에 대한 서구사회의 부정적인 선입견이 있음을 발견했다.

인간을 무능하게 만드는 일은 고통도 슬픔도 아니다. 부족함이 없는 환경은 사람을 나태하게 만들 수 있다. 정신적인 해이와 권태롭고 안일한 삶에 알코올마저 거의 무상으로 배급 받는다면 몸도 정신도 망가지리라는 것은 짐작하기 어렵지 않다. 알코올 때문에 영혼의 힘마저 잃을 수 있음을 알았다 하더라도, 삶의 희망이 보이지 않는 황폐한 보호구역에서 그것은 뿌리치기 어려운 유혹이었으리라.

원주민 선조의 생활 방식을 들여다보면, 백인의 소위 문명화된 생활 방식과의 사이에 메우기 어려운 간극이 보인다. 야만인으로 간주하는 원주민의 삶에서 때로는 뜻밖의 지혜를 발견하기도 한다.

나는 그들의 언어를 좋아한다. 1월을 '추워서 견딜 수 없는 달', 2월은 '더디게 가는 달', 3월은 '잎이 터지는 달'…, 12월은 '침묵하는 달'로 부르는 그들의 말 맛을 나는 좋아한다. 개개인의 이름도 낭만이 서려있고 자연친화적이다. '서 있는 곰', '붉은 구름', '예쁜

방패', '작은 버드나무' 같은 이름에는 마음에 남는 울림이 있지 않는가. '홀로 서 있는 늑대'라는 이름에서는 늠름한 기상과 외로움이 느껴진다. '바람의 아들'은 아마 태어난 날 바람이 몹시 불었으리라.

원주민의 자연 사랑은 눈물겨울 만큼 원초적인 호소력을 지녔다. 우리가 대지의 일부이고 대지가 우리의 일부임을 호소했고, 숫자와 서류에 집착하느라 바람소리를 듣지 못하고 소나무 향기를 느끼지 못하는 문명인에게 공기의 소중함을 잊지 말라고 당부하기도 했다. 직선이 아닌 곡선을, 네모가 아닌 원을 중시한 그들. 위아래가 없고 앞뒤도 없으며 시작과 끝이 없는 원으로 둥근 고리를 만들어가면 모두가 평등한 하나가 되어 평화롭다는 논리였다.

그들이 원한 것은 소박한 자유였다. "고향으로 돌아가게 해달라. 자유로운 사람이게 해달라. 여행할 수 있는 자유, 휴식할 자유, 일할 자유, 스승을 선택할 자유, 내 아버지들의 종교를 따를 자유."

지금 우리는 어떤 세상에 살고 있는가.

새끼손가락 걸던 약속

　생각할수록 영화의 한 장면 같은 하루였다. 일생을 두고 몇 번 있을까 말까 한 경조사를 하루에, 그것도 몇 시간 차이로 한꺼번에 겪었으니 어제를 꿈이었다고밖에 달리 설명할 수 있을까. 나는 지금 한국행 비행기에 앉아있다. 어지럽기도 하고 몸이 여기저기 아픈 걸 보면 현실인 게 틀림없는데도 아직 믿기지 않는 꿈같은 현실이다.

　가을 햇살 가득한 공원에서 아들 결혼식이 있었다. 야외 결혼이라는 낭만이 신랑 신부 표정에 독특한 광채를 안겨주는지, 멈추어서는 곳마다 예술작품 같았다. 밝고 따뜻하게, 오늘처럼만 살거라. 어미의 기도하는 마음은 순간순간이 조심스러웠다. 식후 연회장에 들어가 폐백 순서까지 마치면서 피로연 마무리로 양가 부모와 신랑 신부가 테이블 사이를 돌아다니며 답례인사를 할 때까지, 바깥의 푸른 하늘은 맑고 구름 한 점 없었다.

남편의 가라앉은 목소리를 들은 건 해가 설핏 저물 무렵이었다. 연회장에 있어야 할 남편이 보이지 않아 밖에 나가보니 그이 낯빛이 이상했다. 삼십 년 넘게 같이 살며 그런 표정은 처음이었다. 가슴이 덜컥 무너지는 소리와 불길한 예감이 앞뒤 가리지 않고 달려들었다. 어머니가, 어머니가, 하며 말을 잇지 못하는 그는 넋이 나간 표정이었고, 나는 그만 다리 힘이 풀려 주저앉을 것만 같았다. 어떻게 이 경사스러운 날 그런 일이 있을 수 있는지, 슬픔보다 두려움이 앞섰다. 나는 갓 결혼식을 마친 아들 며느리의 맑은 미소를 떠올리며, 그 아이들이 눈에 밟혀 아무 생각도 할 수가 없었다. 그러나 내가, 내가 정신을 차려야 했다. 아이들은 아이들대로 남편은 남편대로 상황을 바로 보고 판단할 경황이 없어 보였다.

일단 집에 들러서 표를 갖고 공항에 나가 시간을 바꿔보기로 했다. 결혼식을 마치면 할머니 할아버지께 다 같이 인사드리러 가자며 일주일 후에 출발하는 비행기 표를 이미 끊어 놓았기 때문이다. 사정사정을 하여 새벽 비행기 좌석을 구했다. 남은 다섯 시간 동안 무엇부터 해야 할지. 금세 주인이 돌아올 줄 알던 집은, 먼 길 떠나자니 채비할 것 투성이였다. 급한 대로 화초 물부터 주고 나머지는 무슨 정신으로 뭘 어떻게 했는지조차 모르게 비행기에 올랐다.

긴장이 풀리자 간신히 지탱하던 몸이 무너지는 느낌이었다. 와중에도 나는 남편 표정을 살폈다. '괜찮겠지, 작년에 어머니 손을 잡아보고 왔으니 좀 나을 거야. 해마다 부모님을 만나고 돌아오는 길에, 이게 마지막일지 모른다는 생각으로 이별 연습을 한 셈이니까. 괜찮아.' 나는 줄곧 괜찮다며 오히려 나 자신을 다독이고 있었다.

어머니 소식을 들은 후, 처음으로 어머니 생각을 했다. 아무리 돌려 생각해도 원망스럽기만 했다. 뵐 때마다 전에 없이 부쩍 미안해하시기에, 맏며느리로서 가까이 모시지 못한 나의 죄송한 마음도 열어 보이며 서로 남김없이 풀어버린 줄 알았는데, 어쩌자고 이별을 이리 힘들게 하시는가. 입이 말라 물을 한 모금 마시고 호흡을 고르며 생각을 모아보았다. 이게 정말 야속한 일일까. 생의 마지막 기운까지 그러모아 가까스로 숨을 쉬며 시간을 견뎠을 어머니 모습이 보이는 듯했다. 어머니는 맏손자 결혼 날까지 기다리마, 라고 하셨다. 남편과 어머니가 어린아이처럼 새끼손가락을 걸며 약속하는 모습을 먼발치에서 지켜보며, 두 손가락에 내 마음도 얹었다. 오래 자리보전하셨지만 정신은 맑아서, 손자며느리 만날 날을 기억하던 분이었다.

언젠가 여행할 때의 기억이 났다. 디지털카메라 충전하는 걸 깜빡 잊고 들고나가는 바람에 배터리가 거의 남지 않았었다. 그날따라 멋진 풍경과 간직하고 싶은 광경이 연이어 나타나며 눈길을 사로잡았다. 카메라는 좁쌀만 한 빨간 불을 깜빡이며 수명이 다했음을 계속 경고했다. 경고하는 불이 켜져도, 잠시 쉬었다가 누르면 한 장 정도는 더 찍힌다는 걸 알게 되었다. 쉬는 시간은 점점 길어졌고 한참을 기다려야 겨우 한 번 찍을 정도가 되자, 사진 한 장을 위해 카메라가 마지막 남은 에너지 한 방울까지 쥐어짜는 것처럼 보였다. 그 경험은 내게, 사람이 죽음을 앞두고 온몸의 기를 그러모아 마지막 숨을 토해내는 것도 이렇지 않을까 하는 생각을 하게 했다.

어쩌면 전원이 꺼져가는 카메라처럼 어머니도 생의 마지막 숨을 쉬기 위해 안간힘을 쓰셨을지 모른다. 비록 멀리 떨어져 있어도 손자 결혼식 마칠 때까지 기다리며 약속을 지키려고 혼신의 힘을 다해 시간을 붙들고 계셨던 건 아닐까. 만일 더 견디지 못하고 며칠 전에 생을 마감하셨더라면 아이들 결혼식은 어찌 되었을까. 아찔했다. 야속하고 원망스럽던 마음이 슬그머니 자취를 감추고, 긴 한숨 끝에 감사하다는 마음이 들며 코끝이 찡해왔다.

그때에야 비로소 어머니의 부재가 실감 났다. 더는 시간이 닿지 못하는 곳에 계실 어머니를 더듬어 기억해내며, 신혼시절로 거슬러 올라갔다. 그곳에서 나는 지금의 나보다 젊은 어머니를 만났고 차츰 노쇠하여 자리에 누운 모습까지, 파노라마 영화를 보는 듯했다. 서늘한 바람이 이마를 훑고 지나가며 잘못한 것만 생각났다. 내년을 기약하며 어머니 손을 잡았을 때 손끝 저릿하게 남아있던 그분의 체온이, 그 미지근한 온기가 문득 그리웠다.

작은 나비들의 날갯짓

　새 학년이 시작되고 며칠 되지도 않아 교실에서 놀라운 일이 벌어지고 있었다. 학급회의 시간에 들어가려고 문을 여는데, "생일 축하합니다!" 하는 함성과 웃음소리로 교실이 터질 것 같았다. 생일 축하라니, 내 생일을 어떻게 알았을까. 당황한 나는 조용한 옆 학급 눈치부터 살폈다.

　새 학년이 시작된 지 일주일밖에 되지 않아 서로 서먹한 사이이기도 했고 아직 그런 축하를 주고받기에는 너무 일렀다. 학교에서는 3월이 교사와 학생 간의 탐색기에 해당하는 달이고, 쥐느냐 잡히느냐 문제로 서로 견제하는 기간이기도 했다. 초장부터 잘 잡아야 평생 편하다는 우스갯소리가 신혼 초에 해당한다면, 3월에 기강을 잘 잡아야 일 년이 편한 게 학교라는 곳이었다. 나는 웃지만 않으면 깐깐해 보이는 외모 덕분에 학기 초를 비교적 편하게 보내고 있었다. 칠판에는 축하한다는 알록달록한 글씨와 간단한 식순이 적혀있었다. 회장이 나오더니 또랑또랑한 목소리로, 지금부터 선생님 생일 축하식을 시작한다고 했다. 축하식이라는 말에 나는 그만 피식 웃고 말았다.

아이들은 이때다 싶었는지 드디어 선생님이 웃었다며 소란을 떨었다. 생일 이벤트가 나를 웃게 하려는 작전이었던가. 뭔가 미심쩍어 웃음을 급히 거둬들이며 다음 순서를 기다렸다. 점화식이라고 했다. 중학교 2학년 아이들이 어떻게 점화식이라는 어려운 단어를 알았을까, 잠시 그런 생각을 하는데 한 아이가 조그마한 양은 쟁반을 들고 나왔다. 접시에는 초코파이가 두 층으로 쌓여있었고 껍질을 벗긴 위층의 초코파이 세 개에 성냥개비가 빽빽하게 꽂혀있었다. 곧이곧대로 내 나이 숫자만큼 성냥개비 스물몇 개를 꾹꾹 눌러서 꽂았을 테니 파이 가장자리가 거의 으스러질 지경이었다.

성냥은 불이 붙기가 무섭게 타버렸고 이내 고개를 숙이며 떨어져 내렸다. 아이들은 빠른 속도로 마치 군가를 부르듯 불이 꺼지기 전에 축가를 허겁지겁 불렀다. 성냥개비는 진작에 다 타버리고 교실이 떠나갈 듯하던 노랫소리도 멈추었다. 가만 놔두어도 찰나에 사라질 불꽃이지만 나는 호들갑스럽게 불어서 끄는 시늉을 했다. 다시 못 올 그 시간을 마음 깊이 담아두고 싶었던 건 아닐는지. 성냥 대가리들이 맥없이 떨어져 까맣게 탄 팥알처럼 여기저기 박혔고 그 미지근한 온기에 녹는 초콜릿 냄새가 향긋했다.

내가 무슨 소원을 빌었는지 알아맞히는 사람에게 초코파이를 준다고 한 걸 보면 장난기는 아이들에게만 있던 게 아닌 것 같다. 말이 끝나기도 전에 저요, 저요, 소리가 들리는가 싶더니 시집가는 거요, 연애 거는 거요, 하며 야단이 났다. 연애를 걸다니…, 다시 웃음이 삐져나왔다. 그 시간이 멈추어있기를 나는 얼마나 바랐던가. 그러나 세상은 교실 안에서조차 호락호락하지 않았다.

"아, 배고프다, 나도 오늘이 생일인데…"

울먹이는 말소리에 아이들은 일시에 얼어붙었고 교실은 갑자기 정전된 것처럼 고요했다. 이름 외우기도 바빠 개인 신상 파악은 시작도 못 했을 때였다. 장난기가 발동해 작은 파티를 생각해낸 다른 아이들과는 달리, 그 아이는 표정도 어둡고 정말 허기져 보였다. 나는 그의 부모가 가출하고 병든 할머니와 동생을 그 아이 혼자 보살피며 살고 있다는 절절한 사연을 전년도 담임선생을 통해 나중에서야 알게 되었다.

생일인데도 굶고 등교할 수밖에 없는 아이에게 달콤한 초코파이란 얼마나 견디기 힘든 유혹이었을까. 갑작스러운 상황을 어떻게 수습해야 할지 모르는 초임 교사에게 그건 차라리 습격이었다. 허허로운 교실에는 성냥 타던 냄새만 매캐하게 떠돌고 있었다. 얼음 같은 고요를 깨기 위해 나는 무슨 말이라도 해야 했다.

"선생님도 빨리 초코파이 먹고 싶다고 빌었는데, 맞춘 사람이 누구지?"

엉겁결에 나온 말이었지만 중학교 2학년이란 그렇게 철없는 나이가 아니었다. 작은 시골 마을에서 급우의 사정을 나보다 잘 알고 있는 아이들은 약속이나 한 듯이 손뼉을 치며, 좋겠다~ 저도 배고파요, 하고 소동을 벌였다. 내게는 그 순간이 마치 흑백 무성영화의 한 장면처럼 소리도 색깔도 없이 담담히 지나가고 있었다. 작은 나비들의 날갯짓 덕분에 위기의 순간을 모면한 내 등에서는 아마 조용히 땀이 묻어나고 있었으리라.

그것으로 파티는 끝났다. 그 후, 세월의 바람을 타기도 하고 거스르기도 하며 여러 학교를 거치면서 아이들과 생활했지만, 그런 감동적인 순간이 더는 내 삶에 들어있지 않았다. 이맘때쯤이면 초코파이 녹는 냄새에 섞여 아이들 체온이 바람결에 실려오는지 쌀쌀한 봄 기온에도 가슴이 훈훈하다.

경계

아버지와 아들

숲길을 걷고 있다. 꽤 오래 걸어도 사람은 보이지 않는다. 어둑해지는 해넘이 시간이라 그럴까. 강가 쪽으로 걸음을 옮겨 본다. 이미 나무 위쪽은 어둠에 물들었고 발그레 익은 홍시 빛 노을이 나무둥치 쪽을 띠처럼 두르고 있다. 숲은 이제 얼마 남지 않은 오늘 하루치의 빛을 붙들고 주어진 시간을 마무리하려나 보다.

강기슭에 거무스레한 물체가 보인다. 윤곽만 드러나는데 두 사람이 앉아있는 모습이다. 무슨 말인지 알아들을 수는 없어도 초로의 남자와 청년인 듯한 젊은이 목소리가 들려온다. 아버지와 아들 같다. 나직한 그들 음성이 물소리와 어우러져 화음을 이루며 강물을 따라 흐른다. 진지한 대화를 나누는 듯하다. 무슨 이야기를 하고 있을까. 나는 방해가 될까 봐 발소리를 누르며 멀찌감치 떨어져 걷다가, 근처 바위에 걸터앉아 오래전에 지나간 우리 가족의 시간을 생각하게 되었다.

이민 오기 바로 전해였다. 우리 부부는 고국을 떠나기 바로 전까지도 이민을 결정한 게 잘한 일인지 아닌지를 두고 고민했다. 남편이 맏아들이라는 점이 가장 큰 걸림돌이었다. 남편은 직장을 정리하기에 앞서, 캐나다에 미리 가서 공부하고 있는 아들을 만나러 갔다. 두 달 동안 아들과 생활하다 한국으로 돌아오는 길, 둘 다 표현하는 일에 익숙지 않은 그들은 토론토 공항에서 무척이나 어색한 작별 인사를 나누었나 보았다. 출국장에 들어서다 힐끗 돌아본 남편 시야에 아들 눈시울이 붉어지며 눈물이 핑 도는 게 들어왔고, 그 순간 초로의 남편 가슴이 울컥했다. 그건 자식이 부모 나이에 이르러보지 않고서는 이해할 수 없는 마음일 것이다.

비행기를 타고 오는 열네 시간이 남편에게는, 아들과 함께한 소중한 시간을 돌이켜보며 자신의 삶과 가족의 의미를 새삼 생각하는 계기가 되었다. 사는 게 뭔지 가정이 어떤 의미인지 생각할 겨를도 없이 살아온 50년 가까운 세월을 되돌아보며, 드물게 혼자만의 시간을 가진 거였다. 고국에서 지니고 누리던 모든 것을 다 버리더라도 가족이 함께 모여 살아야겠다고 마음을 굳힌 건 울음을 참는 네 눈을 보았을 때였다고. 남편은 그날로부터 십여 년이 지난 어느 저녁 식탁에서 성인이 된 아들에게 담담하게 말했다.

나는 남편과 아들이 두런두런 이야기하는 모습이 보기 좋았다. 밥을 먹을 때나 가구를 조립할 때, 눈을 치우거나 드라이브하면서도 그들은 낮은 목소리로 대화를 나누며 나이 차이 많은 형제처럼 지내곤 했다. 가족이 함께하는 시간도 좋지만 나는 그들 부자의 오롯한 시간이 훗날 얼마나 소중한 추억으로 살아날까 싶어 될 수 있으면 그들만의 시간을 많이 마련해주려 했다.

강가에 있던 그들도, 이 땅의 많은 아버지와 아들이 이런저런 이유로 미루고 있을지도 모를 대화를 나누고 있지 않았을까. 멋모르고 태어난 어린 생명이던 아들이 이제 성인 문턱에 들어설 만큼 의젓하게 자랐으니, 나이 든 아버지가 들려주고 싶은 이야기인들 오죽 많을까. 세상 문을 먼저 연 아버지로서, 그가 숨 쉰 세상의 대기와 발이 닳도록 밟고 다닌 흙에 대해 해주고 싶은 말은 또 얼마나 절절하겠는가. 엄마가 해줄 수 있는 말이 있고 아버지밖에 해줄 수 없는 말이 따로 있거늘, 아마 그런 말을 하고 있었으리라. 그들 곁을 지나오면서 나는 아들 엄마는 어디에 있을까 하는 의문이 잠시 스쳤었다. 그러나 그 엄마도 어쩌면 나처럼 부자만의 시간을 마련해주었을지 모른다고 생각하니 마음이 놓였다.

아버지와 아들 사이의 정이란 아마 그런 것일 터. 서로의 가슴 밑바닥에 묵직하니 들여놓은 잉걸불 같은 것. 겉으로 드러나지는 않아도 늘 가슴 어딘가에 조용히 살아있는 잠재적인 불꽃. 행복하고 편안할 때는 있는 줄도 모르다가도, 아프고 시린 바람이 불면 어디에 그리 큰 불씨가 있었느냐 싶게 강한 불길을 일으켜 무서운 힘으로 서로를 감싸고 보호하는 존재, 그런 관계가 아버지와 아들이 아닐는지.

숲을 한 바퀴 돌아왔는데도 그들은 아직 자리를 정물처럼 지키며 대화에 빠져있다. 그 정도로 오랫동안 잔잔히 대화를 이어갈 수 있는 관계라면 안심해도 좋을 부자간일 것이다. 그런 소중한 시간은 아무나 가질 수 있는 게 아니다. 그들은 오늘 강가에서 나눈 시간을 오래 기억하며 각자의 인생길을 걸어가리라. 그리고 어쩌면, 아들이 지금 제 아버지 나이가 되었을 즈음에는, '아버지 마음'을 이해하게 되리라. 결코 기다려주지 않는 세월의 야속함까지도.

경계

고국을 방문하면 친정어머니와 절 한 곳쯤은 들르게 된다. 흔들거리는 지팡이 걸음이 위태로워 보이다가도 일주문이 보이면 다 왔구나 싶어 마음이 놓인다. 마음이 놓인다는 것은 목적지가 눈앞이기도 하지만 심리적으로도 기댈 곳에 닿았다는 의미도 있다.

일주문은 내게 상징으로 존재하는 문이었다. 한때 일주문에 발을 걸치고 서서 이 문만 넘어설 수 있다면, 하던 기억. 바깥세상과 절 사이에 벽도 담도 없이 서서, 두 세계를 이어주는 동시에 거리를 두는 문이었다. 속세와 승가의 경계에서 양쪽 세상을 저울질하며 잠시 생각에 잠기게 만드는 공간이기도 했다. 어쩌면 나는 저 경계 너머에 있을지도 모를, 내가 사는 곳과는 다른 차원인 새로운 세계를 그리워했는지도 모르겠다.

절 앞에 숲길을 두는 건 세속과의 완충 역할을 위한 장치일지 모른다. 속도를 늦춰 자연으로 관심과 시선을 돌림으로써 마음을 가

다듬고 여유를 되찾게 하려는 배려인 셈이다.

지팡이에 의지해 겨우겨우 숲길을 걷던 엄마가 근처 바위에 걸터앉아 숨을 고르며 좋구나, 참 좋구나, 했다. 뭐가 그리 좋다는 걸까. 노구를 이끌고 아주 천천히 걷는 걸음에도 숨이 차서 몇 번을 쉬다 걷다 하여 가까스로 왔건마는. 어쩌면 그래서 더 좋을 수도 있겠구나 생각하니 마음이 아렸다.

절 안에 발을 들여놓는 일은 단순히 공간을 넘어서는 것뿐 아니라 내가 속한 세계를 벗어난다는 의미에서 새롭다. 절에서는 '참 나'를 만날 수 있으리라는 기대도 있다. 그러니까 이 문만 넘어서면 물리적으로도 심리적으로도 뭔가 다른 세상에 들어서는 느낌이다. 그 경계에 모녀와 지팡이가 나란히 앉아 다리 쉼을 하고 있다. 혼잣말처럼 물었던, 절이 뭐가 그리 좋으냐는 내 말에 이제야 답이 돌아온다.

"그냥…, 나무 냄새도 좋고, 공기도 맑고, 마음도 가볍고…, 오늘만 같으면 백 년도 살 것 같다." 엄마가 내놓은 웃음 위로 햇살이 번지며 흔들린다. 부드럽게 펼쳐지던 산 능선이 물러난 자리에 파란 하늘이 소나무를 앞세워 나타난다. 숲이 내놓는 향기에 몸이 먼저 반응한다는 걸 증명이라도 하듯, 엄마는 깊게 숨을 몇 차례 들이쉬더니 머리가 맑아지는 것 같다고 한다. 나무 냄새는 아마 솔잎향인 것 같다. 톡 쏘는 듯한 송진 냄새가 내 몸의 독소도 씻어냈으면 하여 나도 그 곁에 앉아 심호흡을 해 본다. 향기로 몸을 치료하

기도 한다는데, 누가 가르쳐주지 않아도 폐부 깊숙이 들이마시게
되는 푸른 공기에 정말 몸도 마음도 개운해진 기분이다.

고개를 돌리다가 눈이 마주친 우리는 아무 말 없이 그저 웃는다.
선한 웃음 끝이 허전하다. 조금 전에 들은 '오늘만 같으면 백 년도
살 것 같다'는 말이 내게는, '캐나다 가지 말고 오늘처럼'으로 들려
울컥한다. 이제 한국에서 어머니 곁에 머물 수 있는 날이 꼭 닷새
남았다. 닷새 후는 생각지 않으려 했는데 엄마 마음은 벌써 그 '닷
새 후'에 가 있나 보다. 닷새 후, 내 마음은 어디에 있을까.

절 안쪽 소나무 숲길로 들어선다. 몇 걸음 걷지도 않았는데 엄마
는 벌써 앉을 곳을 찾아 두리번거린다. 앉아서 보니 떨어져 쌓인
솔잎들로 바닥이 불그레하다. 소나무는 시든 잎을 과감히 떨구어
냄으로써 늘 푸른 나무라는 자신의 이름을 지키고, 묵은 솔잎은 미
련 없이 떨어져 줌으로써 나무의 성장을 돕고 있다. 자연스럽게 생
의 순환을 이루며 시간의 경계마저 지운 듯 평화롭다.

노모의 발끝을 붙드는 시간은 어찌 그리 숨이 차는지. 엄마 발걸
음에 맞추다 보니 마냥 늦어져서 오늘 안에 도착할 것 같지 않던
대웅전이 어느새 눈앞에 있다. 대웅전으로 이어지는 숲길을 걷는
것은, 어느 정도 정화된 마음으로 자신을 볼 준비를 하는 과정이기
도 하다. 그렇게 가다듬은 마음으로 부처를 만나면 보이지 않던 것
을 보게 되고, 듣지 못하던 것을 들으며, 느끼지 못하던 것도 느낄
수 있을지 모른다. 무릎이 아파 더는 절을 하지 못하는 엄마는 조용

히 앉아있는 것으로 부처님을 마음에 들여놓는 것 같다. 젊음이 지난 나이에 바라본 엄마 모습은 내게 또 다른 의미다. 삶과 죽음 그 경계에 있는 여든여섯 노인에게 의례적인 행위가 무슨 소용이 있을까. 어딘가 먼 곳을 응시하고 있는 엄마를 곁에서 바라만 볼뿐, 어둑해지는 주위 풍경에도 일어서자는 말을 꺼내지 못하겠다.

밖에는 얼마 남지 않은 시간을 붉은 노을로 사르고 있다. 지는 햇살이 의외로 강렬하다. 일몰은 빛을 닫는 시간이지만, 어둠을 여는 시간이기도 하다. 빛과 어둠이 섞이며 한 목소리로 속삭인다. 과거도 미래도 삶도 죽음도 잠시 잊고, 하루를 잠재우며 휴식할 시간이라고. 또 한 번 경계를 넘는 것뿐이라고.

가시를 밀어낸 가지

　나이아가라 산책길에서 자칫 지나칠 뻔한 나무가 알고 보니 쥐엄나무였다. 소름 돋을 정도로 길고 날카로운 가시를 한 뭉텅이씩 나무기둥 곳곳에 내밀고 있었다. 끔찍한 모양새에 못 본 척 돌아서려다 뭔지 모를 것에 이끌리듯 다가갔다. 줄기를 뚫고 나온 가시는 가시인 채로 성장을 멈춘 줄 알았는데 제 몸을 밀어내어 새로운 나뭇가지로 변화하는 중이었다.

　자세히 살피지 않았더라면 가시의 섬뜩함만 남아 쥐엄나무 이름만 들어도 머리를 흔들 뻔했다. 가까이에서 보니 아카시나무 잎새를 닮은 이파리 사이로 자잘한 노란 꽃들이 고개를 내밀고 있었다. 그거였구나. 밀고 올라오는 여린 잎과 꽃을 보호하려는 생존 본능이 가시를 세우게 만든 거였다. 번식을 위한 치열한 수단이 놀라웠다. 한 발 더 다가가자 무시무시하게 세웠던 날을 접고 이미 뭉툭한 가지가 된 것들도 보였다. 잎도 꽃도 안전하다 싶게 자라면 품었던 비수를 버리고 본연의 모습으로 돌아가는 생장을 목격한 느낌이 새로웠다.

가시는 식물이 자신을 보호하기 위한 장치이다. 가시의 변화는 인간을 비롯한 동물이 겪는 과정과 다르지 않아 보였다. 예민하게 촉을 세워 어린 생명을 돌보다가도, 웬만큼 자라면 느긋한 마음으로 자식을 품에서 내보내듯이, 그래야 하듯이.

동물이 위험에 처하면 털을 세워 경계하고, 먹을 때나 사용하는 날카로운 이빨을 드러내며 으르렁거린다. 사람은 자신의 취약한 곳을 건드리면 날을 세운다. 유순한 사람도 위협받는 공격적인 환경에서는 날카로워진다. 가시를 세워 자신을 지키려는 본능적인 방어기제일 수 있다. 안 그래도 될 일에 가시를 세우는 이들의 내면에는 여전히 아물지 않은 상처가 있다고 볼 수 있다. 그런 사람일수록 옷섶에 가려진 가시에 독기가 남아 있어 멋모르고 다가간 타인에게 피해를 주기도 한다.

젊을 때는 무서울 게 없는 시기여서 꽃을 위해 가시를 세울 일도 많지만, 노년은 만개하던 꽃을 떨구고 열매가 되는 시기이므로 그럴 일이 줄어든다. 물론 꽃을 피워보지 못한 채 노년을 맞은 사람에게는 접지 못한 가시가 있을 수 있다. 하지만 지긋한 나이에 이르면 가시조차 부질없는 허상이 아닐까.

절박한 그녀 소식을 들은 건 늦가을. 단풍잎처럼 삐죽삐죽한 본새를 꼭 닮은 성격이지만 경우가 바른 친구였다. 부채나 채무 같은 단어는 드라마에서나 등장하는 것으로 여기던 내게 그 뜨거운 불덩이가 날아온 건 불혹의 나이를 앞두고서였다. 그녀 부부는 새로 시작한 사업이 잘 풀리면서 확장을 거듭했고 계속하여 자금이 필요했다. 그녀와 나를 잘 아는 믿을만한 사람이 보증을 섰고 우리 셋은 누구도 의심할 수 없는 관계였다. 가까운 사이에 차용증을 요구하거나 법적 절차를 밟고 돈을 거래하는 일은 신뢰의 문제로 이어졌다. 고민하던 끝에 나는 교직생활을 하며 십여 년 동안 모은 돈을 빌려주었다, 남편 모르게.

내게 날아온 감당하기 어려운 불덩이였지만 잡지 않을 수도 있다는 생각은 하지 못했다. 불덩이가 어딘가 다른 곳으로 굴러가게 내버려두어야 했는지도 모른다. 잡지 않으면 '남의 알'일 수 있었는데 내가 잡는 순간, 그것은 '내 불덩이'가 되고 말았다.

세월은 쉼 없이 흘렀고 계산할 때가 되었을 무렵, 우리 중간에 섰던 분이 갑자기 다른 나라로 떠났다. 경우 바르던 그녀의 태도가 바뀌면서 돈은 허공에 흩어졌고 우리 관계도 젖은 종이조각처럼 되어버렸다.

남편 모르게 저지른 일이니 비밀이어야 했다. 털어놓아 가벼워지고 싶기도 했다. 그 일이 있고 꼭 십 년 되던 해에 우연히 말할 기회가 있었다. 돈을 되돌려 받지 못했다는 사실보다는, 그렇게 오래 품고 있었다는 사실에 그는 놀랐다. 잊어버리라고 했다. 가슴 졸이며 다음 말을 기다렸지만 그게 다였다. 몸이 스르르 무너지던 느낌. 고마우면서도 허탈했다. 그렇게 아무렇지도 않을 일로 나 혼자 그 긴 시간을 울울했구나. 그런데 남편의 복잡하던 눈빛은 뭘까. 지금 와서 그걸 말하면 어쩌겠다는 거야 싶기도 했고, 내가 저렇게 독한 여자랑 살았나 하는 눈빛 같기도 했다.

모파상의 〈목걸이〉 생각이 났다. 허영에 사로잡혀 현실에 만족하지 못하던 마틸드가 친구에게 빌린 가짜 목걸이. 진짜인 줄 알고 무너진 삶을 살며 마련한 목걸이와 가짜 목걸이 사이에는 십 년이라는 엄청난 세월이 필요했다. 마틸드가 목걸이를 잃어버린 사실을 친구에게 고백할 수 없어서 겪어야 했던 고통스러운 세월이 마틸드 삶에 미친 영향은 실로 컸을 것이다. 내 경우, 비밀이라는 고통을 품고 지낸 시간은 내게 무엇을 남겼을까. 의심할 줄 모르던 삶에, 타인에 대한 불신이 생겼다는 것? 아니면 감당 못할 불덩이는 피할 줄 알아야 한다는 것, 그것일까.

가시가 생기면 빼버려야 한다고만 알았다. 그러나 가시는 필요한 경우에만 모습을 드러냈고 쓸모가 없다고 판단되면 스스로 퇴화했다. 쥐엄나무가 세운 가시는 꽃을 보호할 필요가 없어지니 몸을 바꾸었고, 비밀을 지킬 일이 없어진 내 안의 가시도 더는 보이지 않았다.

삶에 아무 가시도 없으면 편안하고 평화로울 줄 알았는데 꼭 그런 것도 아닌가 보다. 사람이 악에 받칠 때 그렇듯이, 가시라도 세워야 살아갈 힘을 얻는 게 아닐까 싶기도 하다. 노년의 가시는 그렇잖아도 외롭고 쓸쓸한 겨울을 더욱 황량하게 만든다던 나의 생각을, 부분적으로 수정해야 할 것 같다.

대륙횡단 열차를 타고

재스퍼 역에 기적 소리가 길게 울렸다. 대륙횡단 열차는 소리와 침묵으로 도시와 자연을 번갈아 쥐었다 놓으며 토론토에서 로키 산맥을 향해 3,607km를 달렸다. 대도시의 소요를 벗어놓은 기차는 광활한 대평원과 눈 덮인 빙하에서는 고요를, 쏟아지는 폭포를 지날 때는 굉음을 안겨주며 서두를 것 없다는 듯 이곳까지 왔다. 재스퍼에 우리를 내려놓고 숨을 고른 기차는 다시 서쪽 끝 밴쿠버까지 달려갈 것이다.

겨울이 오래 심술을 부려 절기상으로는 춘분이 지나고 열차에 올랐지만, 날씨로는 봄 여행이 아니라 겨울여행이 되고 말았다. 나는 여정에 숨어있을 모험을 은근히 기대하며 기차에 몸을 실었다. 밤 10시 정각에 토론토 유니온역을 출발한 기차는 사흘 밤 사흘 낮을 달렸다. 침대칸은 겨우 누워 한 번 돌아누울 정도의 조붓한 공간이었지만 나 홀로 존재하는 우주였다. 혼자 뭘 해도 좋을 공간을 얻은 느낌. 다행히 이층 침대칸에도 손님이 없어 밤새 기차소리밖에 들리지 않았다. 몸으로 만끽하는 평화가 이럴 터였다.

차창 밖으로 휙휙 달려가는 눈꽃 핀 나무들은 바람을 등지고 하얗게 서있었다. 숲은 차가우면서도 포근해 보였다. 부드러운 달빛이 우유를 부어놓은 듯 천지에 스며들고 무리 지어 이리저리 몰려다니던 눈발도 차분해졌다. 커다란 보름달을 보며 홀로 깨어있는 밤은 넉넉했다.

바로 이 열차를 타고 밴쿠버에서 토론토까지 먼 길을 달리며 많은 이야기를 들려주던 작가. 최근에 노벨 문학상을 받은 앨리스 먼로 생각이 났다. 나는 작품집 〈디어 라이프〉에 수록된 소설 '일본에 가 닿기를'의 내용을 반추해 보는 것으로 기억 속에서 그녀를 만났다. 철거덕거리는 기차 리듬에 맞춰 소설 속 문장이 하나 둘 살아났다.

의도하지 않아도, 잠자는 시간을 제외하고는 승객들과 자주 만나게 되었다. 좁은 열차 안에서 승객이 갈 데라고는 뻔했다. 많은 사람을 만나 인연을 맺는 장소로 기차를 연상하지는 못했는데 같은 승객과 며칠을 한정된 공간에서 함께 지내다 보니 그럴 수도 있을 것 같았다.

특정한 단어나 정서를 공유하기 위해서는 함께한 경험이 필요하다. 비슷한 시간에 식당에서 같이 식사하고, 비슷한 시간에 휴게실에서 책을 읽거나 음악 연주를 듣고, 이층 돔에서 풍경을 감상하다

보니 낯선 승객과도 금세 친근감이 들었다. 같은 공간에 함께 있는 것만으로도 공감대가 형성되는지. 자그마한 기차 식당은 화기애애한 분위기에서 조용한 웃음이 오갔고 승무원과 승객, 승객과 승객 사이의 소통 역할을 하고 있었다. 나는 비로소 앨리스 먼로의 소설 속 정황에 공감할 수 있었다. 소설에서 그랬듯이 현실에서도 횡단열차는 인연을 맺어주기도 하고 흩어놓기도 하며 역사 속 130년을 달려왔으리라.

대륙횡단 열차는 문명보다 자연의 면모를 더 자주 보여주며 달렸다. 캐나다에서는 도시보다 자연에서 삶이 더욱 풍요로울 수 있음을 알려주려는 듯. 빠른 비행기 여행보다 더딘 기차나 자동차 여행에 더 큰 매력을 느끼는 건, 빠름에서 얻는 시간보다 느림이 주는 여유와 사색하는 시간에 매력을 느껴서이리라. 마음이 산란할 때나 삶이 휘청거릴 때 자연 품에 안기면 오래 수련을 한 사람처럼 마음이 가라앉고 평상심을 되찾게 된다. 그것이 자연을 통해 얻는 위로요 치유가 아닐까 싶다.

같은 풍경이라도 언제 보느냐, 누구와 보느냐, 그리고 어떤 마음으로 보느냐에 따라 다르다. 내게 로키는, 직접 와보지 않은 사람과는 나눌 수 없는 신비이다. 계절이 조금 일러서인지 닫아 놓은 곳이 꽤 되어 아쉽고도 서운했으나 겨울다운 운치를 감상하기에는 어느 때보다 좋았다.

'닥터 지바고'를 촬영했다는 루이스 호수 기차역. 이제 더는 기차가 서지 않아 역사를 개조하여 레스토랑을 만들었다. 그 옛적 촬영 당시 날씨를 재현하려고 기다리기나 한 듯 함박눈이 흩날리기 시작하더니 세상을 지워버릴 기세로 쏟아졌다. 눈 내리는 창밖을 보고 앉아 벽난로에서 타는 장작 냄새를 맡으며 일행과 속내를 나누던 시간은 훈훈했다. 여행은 자기 자신과 낯선 것들에게 마음을 여는 것으로 시작하여 마음을 거두는 것으로 끝난다. 마음을 열고 거두는 그 틈서리에 추억이 있다.

지나간 시간이 주는 익숙함과 달려오는 시간이 갖고 오는 낯섦을 동시에 보여준 대륙횡단 열차. 그 안에서 펼쳐지는 특별할 것 없는 소소한 일상이 새뜻한 여운을 준다. 작은 콘서트에서 만난 토론토 출신 기타리스트가 인상 깊다. 소박한 우리 삶을 기타 선율에 맞춰, 산다는 건 그런 거라며 담담한 목소리로 전하던 노랫말을 듣는다.

게와의 시간

부스럭거리는 소리가 계속 신경을 거슬렀다. 부엌 바닥에 부려 놓은 종이봉투에서 나는 소리였다. 박박 긁는 것 같기도 하고 발톱으로 콕콕 찔러 봉투를 뚫는 것 같기도 했다. 마치 날카로운 발톱이 내 살갗을 긁어 상처를 내는 것처럼 소리가 날 때마다 움찔거렸고, 설거지를 하면서도 계속 뒤를 돌아보며 안절부절못했다. 설거지를 끝내고도 게를 꺼낼 엄두를 못 내고 딴 짓만 했다. 물을 크게 틀어놔도 게가 내는 소리는 음색이 달라서인지 물소리에 섞여들지도 않았다.

애초에 게를 사러 간 건 아니었다. 옆집 꼬마 케이티가 먼 곳에서 열리는 수영대회에 나간다기에 불고기나 해다 주려고 장에 갔던 거였다. 고기를 사고 돌아서려는데, 바로 옆에 커다란 상자 가득 들어있는 게가 눈에 들어왔다. 큼지막한 게들이 살아 움직이는 걸 본 순간 간장게장을 담그면 좋을 것 같아, 알이 가득 든 암컷으로 골라 담으면서도 단순히 먹고 싶다는 생각밖에 없었다.

내가 어쩌자고 저걸 사 왔을까, 때늦은 후회로 한숨만 나왔다. 아무리 식탐에 눈이 멀어도 그렇지, 살아있는 것을 먹으려면 그에 앞서 생명줄부터 끊어야 한다는 간단한 이치를 왜 진작 생각지 못했을까. 쉬지 않고 긁어대는 소리가, 위험을 감지한 게들이 본능적으로 생명을 붙들려는 헛손질 같아 소름이 돋았다.

심란한 얼굴로 나무토막처럼 서있는 나를 제치고 남편이 나섰다. 게 봉투를 거꾸로 들더니 싱크대에 게를 가득 쏟아놓았다. 갑작스레 주어진 자유에 당황했는지 반가웠는지 게들은 제 세상 만난 듯 발버둥 쳤다. 봉투 속 감금을 벗어나 빛을 느낀 순간 어쩌면 몇 마리는 삶에서 죽음을 향한 이동임을 본능으로 직감했을지도 모를 일이다.

그중 한 마리가 집게발로 남편 장갑을 물었고 그 다리를 물고 또 한 마리가 매달려 두 마리가 허공에서 대롱거렸다. 놓치면 죽음의 구덩이로 떨어진다는 걸 예견이나 한 듯 그들의 안간힘은 필사적이었다. 공중에서 흔들리는 외줄을 한 손으로 잡고 다른 손으로는 있는 힘을 다해 상대편 손을 잡고 있는 서커스 공연을 보는 것처럼 아슬아슬했다. 그때 남편이, 장갑을 물고 늘어진 집게발을 잘라냈다. 몸통이 뚝 소리를 내며 떨어졌다. 잘린 집게발은 제 몸통이 없어진 것도 모르고 붙드는 것만이 살 길이라는 듯, 여전히 있는 힘을 다해 장갑을 물고 놓을 줄 몰랐다. 이미 몸에서 잘려나간 집게발인데, 남아있는 생명력으로 저렇듯 매달릴 수 있다니.

다른 게들도 하나씩 집게발을 잃어갔다. 그럼에도 전혀 굴복하는 기색 없이 나머지 발로 끝까지 저항했다. 대장 격인 집게발을 잃은 가늘고 순한 발들이 방향을 잃고 저들끼리 허둥거리다가 차츰 지쳐갔다. 몸놀림이 둔해진 게들을 통에 눕히고, 끓여서 식힌 간장을 자작하게 부었다. 못할 짓을 한 것 같아, 나는 마음이 불편한 정도를 넘어 죄의식에 사로잡혔다. 나의 식탐도 이기심도, 게들의 헛된 희망도 무모해 보이는 용기도, 제발 다 그렇게 간장에 삭아버렸으면 하는 마음으로 뚜껑을 덮고 돌아섰다.

시간이 꽤 지났다. 죽음을 참는 소리가 부엌에 가득한 것 같았다. 설마 아직도 살아있을까 싶으면서도 불안하고 초조해서, 나는 마치 범행 현장을 확인하러 가는 범인처럼 가슴 졸이며 부엌으로 향했다. 다들 죽었을 줄 알았는데 아니었다. 놀랍게도 몇몇은 여전히 생을 포기하지 않고 먹물 같은 간장 속에서 버둥거렸다.

플라스틱 통 벽면을 타고 기어오르다 미끄러지고 발버둥 치다 힘없이 고꾸라지는 게를 보며 그 집요한 생명력에 진저리가 쳐졌다. 어떻게든 살아보겠다는 게들의 악착스러움과 기어이 꺾어야겠다는 인간의 그악스러움이 부엌이라는 전장에서 팽팽하게 맞서고 있었다. 죽음 앞에서 겁이 없어진 작은 생명체와 죽음을 두려워하는 인간이라는 또 하나의 생명체. 더없이 연한 속살을 보호하려고 날카로운 발톱과 견고한 껍질로 위장한 게와, 단단한 뼈대를 부드러운 살갗으로 위장한 인간이 겨루고 있는 것 같았다.

빛 한 줄기 없는 절망의 간장 속에서도 정신을 잃지 않고 버티는 생명력에 가슴이 섬뜩했다. 남편이 잘라낸 건 몸통의 일부일 뿐, 생명이 지닌 원초적인 의지와 정신은 꺾지 못한 거였다. 끝끝내 굽히지 않던 게를 생각하며, 집게발을 잘리고 맵고 짠 간장 속에 온몸이 잠겨도 포기하지 않게 한 것이 본능인지 의지인지 궁금하면서도 부러웠다.

내 머릿속 게는 이미 먹을거리로서가 아니라 기필코 살아남고자 몸부림치는 생명체로 자리 잡고 있었다. 어떻게든 뱃속에 든 생명을 지키려는 암컷의 모성과 자기 생명줄을 부여잡고 안간힘 쓰는 수컷의 본능이 갈마들며 내 마음을 흔들었고, 나는 흔들렸다.

전쟁 같은 시간이 지나자 언제 무슨 일이 있었냐는 듯이 온 집안이 고요했다. 게를 담은 통 가까이 다가가도 아무 기척도 들리지 않았다. 이제는 영혼 없는 몸, 본능이었으면 어떻고 의지였으면 어떠리. 죽음을 사이에 두고 대치하던 게와의 시간도 침묵 속에 잠겨 갔다. 가늠할 길 없던 하루의 문이 조용히 닫히고 있었다.

명품 대열에서

소비는 권력이다, 그럴까?

명품으로 치장하고 나서면, 대하는 사람들의 태도가 달라진다고 하니 권력일 수 있겠다. 그 말이 실감 나는 시대를 살며 설혹 그런 것들에 관심이 있었다 해도 여러 면에서 나는 그런 치장을 할만한 형편이 되질 못했다. 내게 명품이란, 텔레비전이나 잡지를 장식하는 사진 속 이미지였지 손으로 만질 수 있는 실체가 아니었다.

언젠가 단체 여행을 할 때였다. 여행 일정에는 쇼핑하는 시간이 양념처럼 끼어있었다. 버스가 멈춰 서면, 안내자가 지리나 역사에 관해 설명하는 내내 잠만 자던 사람들도 생기를 띠고 눈을 반짝이며 앞 다퉈 상점 안으로 몰려 들어갔다. 나는 호기심에 그들을 따라가면서도, 뭔가 금지된 구역에 들어서는 느낌이었다. 고급스러워 보이는 디자인과 색상에 눈길이 한번 잡히니 이런 기회가 아무 때나 주어지는 게 아니라는 생각에 욕심이 생겼다. 척척 사는 사람들과 가격표를 번갈아 보며, 들었다 놨다 하다가 돌아서는데 가슴이 왜 그리 허전하던지. '안 사는' 것과 '못 사는' 것의 차이를 의식하여 마음이 휘청거렸을까.

휘황한 조명 아래 화려한 가방과 장신구들이 거만한 자세로 놓여있었다. 그 순간 느닷없이, 검은 바다를 대낮처럼 밝히던 집어등 영상이 떠올랐다. 텔레비전에서 오징어잡이 배와 어부를 취재한 프로그램을 방영할 때였다. 배에 일제히 불이 켜지자, 먹물 같은 바닷물 속에서 오징어 떼가 순식간에 나타나더니 그물이 있는 줄도 모르고 몰려들었다. 하루살이만 불빛을 보고 달려드는 게 아니었다. 목숨을 담보로 한 모험이라 여기기에는 너무도 순간적이었다. 오징어의 매끈한 몸에서 흐르는 물기가 불빛을 받아 영롱한 색으로 반짝거렸다. 하늘에 있던 별이란 별은 모두 밤바다로 뛰어내린 것 같았으나 아름답다고 생각할 겨를도 없이 찰나에 사라졌다. 우리 삶도 저렇지 않을까, 반짝하고 스러지는 빛처럼.

오징어는 그 불빛이 죽음을 유인하는 덫이라는 걸 정말 몰랐을까, 알면서도 차마 그 유혹을 견딜 수 없었을까. 그중에는 곁에 있던 오징어 떼가 몰려가자 아무 생각 없이 그저 뛰어든 것도 있으리. 오징어에게는 그게 생존 본능인지 모른다. 그러나 무지해서, 또는 알면서도 끊지 못하는 인간의 욕망 또한 얼마나 집요한가. 단지 명품이라는 이름에 끌려 마음을 내밀던 나 오징어나 뭐가 다를까 싶다. 집어등처럼 현란한 광고가 거의 매일같이 시각과 판단력을 마비시킬 듯 세뇌하며 던지는 달콤함, 그 마술 같은 힘은 집어등 불빛만큼이나 뿌리칠 수 없는 유혹일 수 있으리니.

"나이 오십 이전의 나는 한 마리 개에 불과했다. 앞의 개가 그림자를 보고 짖으면 나도 따라서 짖어댔다. 만약 남들이 짖는 까닭을 물으면 그저 벙어리처럼 쑥스럽게 웃기나 할 뿐." 탁오라는 이름으로 더 친근한 명나라 학자 이지의 말이다.

서민이 따라 하기 어려운 것 중 하나는 상류층 문화에 '억지로'가 아니라 '자연스럽게' 동화되는 일이다. 서민도 며칠 치 식비를 들여가며 고급 레스토랑에서 한 끼 식사를 한다든가, 월급의 몇 배가 되는 명품을 구입하기도 한다. 그런 저변에는 제품뿐 아니라 품격 있는 상류층 삶의 이미지까지 닮고 싶다는 무의식적인 심리가 도사리고 있는지도 모른다.

입이 떡 벌어지는 가격이라 해도, 요즈음은 소득 수준이 향상되어 서민도 큰 맘 먹으면 하나쯤은 장만할 수 있다. 그러다 보니 명품이 상류층의 전유물이던 시대는 지났다. 최상류층에 속한 사람들이 자신을 차별화하기 위해서는 이제 사치보다 검소한 편을 택하는 게 오히려 효과적일 수 있다.

상류층일수록 자기들만의 문화를 만들어 서민의 접근을 금지하고 싶을 테고, 서민일수록 성스러운 장벽을 뛰어넘어 '그들처럼' 되고 싶다는 갈증이 무리한 명품 추종 문화를 이끌지 않나 싶다. 이제는 명품보다 문화와 예술로 계층 간에 차별화된 선을 긋는 추세이다. 자기 것으로 만들어 즐기기까지 오랜 시간에 걸친 훈련과 노력이 필요하므로 아무나 따라 할 수 없기 때문이다. 어쨌거나 앞으로 고급문화와 예술을 즐기는 새로운 명품 삶이 주도를 이룬다면 다소 분수에 맞지 않게 추종한들 무엇이 그리 문제 될까 싶다.

안사돈 바깥사돈

시어머니 돌아가신 지 벌써 한 해가 흘렀다. 우리를 그리도 놀랍고 당황스럽게 하며 손자며느리 결혼식을 마치기가 무섭게 이승의 문을 닫고 떠난 분. 화장하여 납골당에 모시고 49일 되던 날, 우리 부부가 아들 며느리와 함께 이곳 호수를 찾았던 게 작년 오늘이었다. 한국에서 재를 지내는 날에 맞춰 우리도 동참하자는 의미였다.

이 호수는 십여 년 전 친정아버지 49재를 지낸 후 아버지 영혼을 위로하며 하얀 소국(小菊)을 뿌린 곳이기도 했다. 호숫가 이곳은 그때부터 우리에게 묘지 역할을 했다. 타국에서 우리가 할 수 있는 일이라는 게, 겨우 이런 방법밖에 없다는 무력감에 마음이 내려앉았다.

남편은 아침 일찍부터 커피를 내리고 녹차를 준비했다. 장인이 드실 커피와 어머니가 드실 녹차였다. 어머니 기일이지만 호수에 가는 김에 장인어른께 드릴 커피도 준비한 모양이었다. 바깥은 한국 가을 날씨를 닮았는지 오늘따라 구름 한 점 없이 푸르고 높았다. 호수 공원에 도착하여 널찍한 바위가 층층이 놓인 우리 자리를 찾아갔다. 남편은 무리 지은 바위 사이에 서 있는 나무 아래를 '우리 자리'라고 불렀다. 바다 같은 호수와 바위, 그리고 나무 한 그루. 사람은 우리 둘뿐이고 물결 소리만 찰박거렸다.

죽은 후에 그리들 가고 싶다는 천국 풍경이 이렇지 않을까 싶으리만치 그곳은 아름답고 평화로웠다. 남편은 평편한 바위를 골라 준비해 온 커피와 녹차를 나란히 올려놓았다. 바위에 내려놓은 내 마음도 그때까지는 아주 조용했다.

갈매기가 끼룩거리는 동시에 머릿속에 이상한 생각이 떠올랐고 고요하던 마음을 흩트려놓았다. 친정아버지와 시어머니가 너럭바위에 나란히 앉아 어색해서 차도 못 마시는 환영이 문득 떠오른 것이다. 나는 무심결에 곁에 있는 남편 얼굴을 바라보았다. 진지하면서도 착잡해 보였다. 우스갯소리로나 들릴 그런 말을 꺼낼 분위기가 아니었다.

두 분을 상징하는 커피와 녹차가 나란히 놓인 게 불편해 보인 것은, 생전에 두 분이 거의 만난 적이 없다는 생각에서였다. 멀리 떨어질수록 좋다는, 어려운 사돈 사이였다. 손주 백일과 돌잔치 때를 제외하면 집안에 큰일이 있을 때 서로 몇 번 만나신 게 고작이었다. 그런 데면데면한 관계인데 아무도 없는 호숫가 바위에 나란히 앉아 차를 마시는 게 얼마나 어색할까. 더구나 두 분 모두 무뚝뚝하고 사교적이지도 못한 성격이었다. 자식들이 연락도 없이 커피를 들고 찾아와 합석을 강요하는 바람에 말도 못 하고 애꿎은 호수만 바라보는 상상이 꼬리를 물고 이어졌다.

나는 바위가 평편하지 않다는 핑계를 대며 남편이 알아차리지 못하게 커피와 녹차를 멀찌감치 떼어놓았다. 눈치도 없는 남편은 나를 흘깃 보더니 가까이 갖다 놓는 것도 모자라 커피와 녹차를 아예 붙여서 서로 기대어 놓으며 이젠 됐다고 했다. 이젠 됐다니. 말을 하려다가 그만두었다. 훗날 언젠가, 추억 삼아 오늘을 이야기할 날이 있겠지. 문제는 머릿속에 한번 자리 잡은 괴이한 그림이 쉽게 지워지지 않아 민망하게도 자꾸 웃음이 나오는 거였다. 머리를 흔들며 입술을 물고 참는데도 한번 시작한 웃음은 집요했다. 그렇게 머리가 시끄러운 동안은 시간이 왜 그리 더디게 지나는지. 드디어 남편이 일어서더니 묵념을 하자고 했다. 나는 마치 불경스러운 짓을 하다 들킨 것처럼 얼굴이 화끈거려 숙인 고개를 더 아래로 숙이고 서 있었다.

두 분이 나란히 앉아있다는 상상은 영혼이 정말 존재하는가, 라는 생각으로 이어졌다. 갇혀있던 육신을 떠나 자유로워진 영혼은 어디에 머무는 것일까. 정말 영혼이 허공을 떠돌다가 모습을 드러내지 않은 채 다가오거나 우리의 말을 듣는다고 믿는 것일까. 존재가 불확실한 영혼에 마음을 기대고 싶은 건, 함께한 지난날을 추억하고자 하는, 산 자로서의 안간힘일지 모른다.

해마다 기일이면 우리를 이곳으로 이끄는 건, 이 자리를 묘지라 여기고 싶은 마음 아닌지. 고향에서 치러지는 제사에 동참하지 못하기에 가슴에 눌러둘 수밖에 없는 미안함을 덜고 싶기도 하지만, 그렇게라도 돌아가신 분과 교류하기를 기대하는 게 아닐까. 제사는, 조상의 영혼이 있다는 가정 아래 의미가 있다. 젯밥을 드시고 자손을 둘러보고 간다는 정신적인 유대를 긍정해야 가능한 의식이다. 어쩌면 나의 편협한 선입견과는 달리 두 분은, 세상을 벗은 자유로운 영혼으로 호숫가 바위에서 아들과 며느리를, 딸과 사위를 만난 게 아닐까 싶다. 뒤돌아보니 수평선을 지운 푸른 하늘과 호수가 있을 뿐이다. 의식이 경계를 지우니 마음도 경계도 지우는가.

'자히르'라는 안대

인도할머니의 노을

능소화 빛 노을이 내리고 있었다. 산책길을 나서다 동네 모퉁이를 돌아설 때였다. 먹물이 한지를 적시듯 어둠이 스며드는 시간, 인도할머니가 손에 호미를 든 채 허공을 응시하며 서 있었다. 멀리 밀어낸 할머니 시선 끄트머리쯤에 능소화가 벽을 휘덮고 있는 게 눈에 들어왔다. 노을빛으로 물든 꽃, 능소화는 송이마다 붉은 노을을 하나씩 품고 있었다. 그날 할머니 눈빛을 통해 나는 모퉁이 집에 능소화가 있다는 걸 비로소 알아차렸다.

간밤에 내린 비로 몸을 적신 여름이 초록을 덧입고 있던 날. 습기로 더 산뜻해 보이는 잔디를 무심코 바라보다가 능소화 송이가 잔디에 툭 툭 떨어져 있는 광경과 맞닥뜨렸다. 걸음도 호흡도 멈추었다. 섬뜩했다. 시들지도 않은 붉은 꽃이 통째로 누운 걸 보니 가슴이 덜컥 내려앉는 느낌이었다. 어쩌자고 저토록 눈 시린 꽃송이가 흐트러진 구석 하나 없이 젖은 잔디에 그대로 몸을 부렸는지. 선뜻 일어설 수가 없어 멍하니 앉아있었다. 곁에서 가만히 기다리면 몸을 뒤척이며 돌아누울 것만 같아서 그랬을까.

모퉁이 집에는 인도할머니가 살고 있었다. 영어라고는 "Hi!" 밖에 할 줄 모른다는 할머니는 식구들이 돌아오는 저녁때까지 늘 혼자였다. 언어가 통하지 않으니 혼자서는 동네 밖으로 나가지도 못하는 모양이었다. 얼마나 외롭고 갑갑할까, 말이 통하는 고향으로 돌아가 친구들과 도란거리는 꿈을 매일 밤 꾸는 건 아닐까. 그러나 나의 염려와는 달리 볼이 홀쭉하고 주름 자글자글한 얼굴에서는 평화로운 미소가 사라지지 않았고 내가 인사를 건넬 때마다 "Hi! No English…." 하며 수줍은 듯 고개를 숙이곤 했다.

호미나 전지가위가 들려있지 않은 맨손을 본 적이 없을 만큼 바지런히 몸을 놀리며, 종일 그림자를 떼놓지 못하고 잔디에 묻혀 지내는 혼자만의 시간. 잡초 하나 시든 이파리 하나 없이 손질된 정갈한 마당 구석구석에는, 외로울 겨를을 만들지 않으려는 할머니의 더 외로운 마음이 들어있는 것 같았다. 화단의 꽃이 계절 따라 피었다 지는 것으로 할머니는 자연과 이야기를 나누고 세상과 소통하는 것 같기도 했다.

언제부터 능소화가 피어있었는지는 잘 기억나지 않는다. 이곳에 몇 년을 사는 동안 동네를 드나들며 수없이 지나쳤을 텐데도 그저 남의 나라 꽃이려니 했기 때문일까. '그들'의 꽃이 아니라 '우리' 꽃이라는 생각으로 바라보았더라면 붉은 꽃송이를 달고 벽 전면을 타고 올라가는 덩굴이 한번쯤은 눈에 들어왔을 법도 하건마는. 마음으로 들여다보지 않았으니 어떤 꽃도 꽃이 아니었으리라.

능소화, 하늘을 능가한다는 꽃. 그날은 구름이 잔뜩 끼어있어 노을이 더 선명했다. 자신의 빛으로 물든 하늘을 바라보며 무성한 초록 잎 사이에 무리를 이룬 능소화가 나를 반겼다. 이파리 사이로 가녀린 손을 내밀어 바람결에 흔들고 있는 덩굴이 보였다. 벽돌담에 기대어 덩굴을 벋어 올라가다가 방향을 잃고 하늘을 향해 손을 내밀어 휘젓고 있는 형상이었다. 허공을 향한 허기진 손짓이 집주인인 할머니 마음과 닮아 보였다. 아는 사람도 언어도 통하지 않는 허허벌판인 이곳, 다다를 수 없는 고국으로 벋은 덩굴이 공허한 할머니 가슴을 뚫고 나와 빈 하늘에 손을 흔드는 건 아닐까 싶었다. 같은 언어로 마음을 나누던 친구와 친지가 있는 고향을 향한 덩굴손. 그럴 때면 이미 깔끔하고 정갈해서 더 다듬을 것도 없는 잔디를 무릎걸음으로 기어 다니며 외로움을 솎아내는 게 아니었을까.

할머니가 엎드려 일하는 잔디밭은 도망쳐도 도망쳐도 벗어날 수 없는 내 꿈의 한 장면을 닮아있었다. 꿈속 배경은 고향이면서도 늘 낯선 곳이어서 달아나려고 하면, 그립던 얼굴이 한둘씩 내 곁에 있곤 했다. 돌아설 수도 돌아갈 수도 없다고 느끼면서도 왜 그리 도망치려 했는지. 저항할 수 없는 그리움에 덩굴손 내밀어 닿고 싶던 고국은, 어떤 의미에서 구원이었을 법도 하건마는.

잔디밭에 부려놓은 할머니의 시간은 식구들이 집으로 돌아오는 어둑발 내릴 무렵에야 걷어진다. 종일 매달려 있던 그림자를 떨쳐 버리고 잔디에서 일어나 굽었던 허리를 펴며 바라보는 이국의 노을. 노을만큼이나 붉게 물드는 할머니 눈이 보이는 것 같아 내 목이 뜨겁다. 하늘에는 오늘도 능소화 빛 노을이 설움처럼 내리고 있다. 지금쯤 허허로운 하늘을 바라보고 있을 할머니의 시선은 또 얼마나 아득할까.

인도할머니의 노을, 그 후

인도할머니가 보이지 않는다. 벌써 몇 달째인지 모르겠다. 허전함을 너머 불안해진 나머지 모퉁이 집을 오갈 때마다 잡초가 웃자란 앞마당을 기웃거리고 인기척을 확인하게 된다. 대낮에도 서늘하리만치 고요한 공기가 낮게 드리워져 있다. 무슨 일이 있는 건아니겠지. 인도 고향 집을 방문하고 계실 거야. 두고 온 친척과 친구를 만나러 잠시 다녀오려는 걸 거야 하면서도, 일없이 주변을 서성거린다. 할머니가 보고 싶다기보다는, 태곳적 고향으로 아주 떠나버린 건 아닐까 싶어 이리 불안한지 모른다.

삭풍 부는 한겨울 말고는 어느 날 어느 시(時)에도 보이지 않을때가 없었다. 머리에 손수건만 한 삼각 스카프를 두르고 폭이 넓지않은 치마에 무릎까지 올라오는 긴 양말 차림으로 잔디에 엎드려잡초를 뽑거나 가지치기를 하던 모습이 어제인 듯 눈에 선하다.

그 집을 거치지 않고는 동네를 드나들 수 없으니 할머니를 만나지 않고 하루를 보내는 일은 거의 없었다. 말없이 손을 흔들며 조용한 웃음을 보내던 할머니와 나 사이에 8년이라는 시간이 머물고 있다. 그 시간이 만들었을 정서적인 유대감을 나는 할머니의 부재를 통해 비로소 실감한다. 그곳에 있어야 당연한 그분의 부재가 오늘 따라 마음이 쓰이는 건 아마 노을 때문이리라. 작년 이맘때처럼 내가 오늘, 능소화 빛 노을을 마음에 담았던가. 능소화 흐드러진 담장에 물든 노을을 바라보던 할머니의 아득한 시선을 기억 속에서 다시 읽고 만 것인가.

할머니 눈빛에 끌려 글을 썼었다. 그런데 무언가 못다 풀어낸 듯한 느낌에 더 쓰고 싶었지만, 뒷이야기가 이렇듯 예상치 못한 일일 줄은 몰랐다. 어쩌면 그분은 나의 불안감과는 달리, 인도 고향 집에서 가슴에 쌓인 응어리를 당신의 언어로 하나씩 풀어내고 있을지도 모른다. 내 나라말로도 표현하기 어렵고 설명할 길 없는 것 투성이인데 하물며 이국의 언어 앞에 혀를 묶고 입을 닫고 살아야 하는 고독한 이민자의 삶에서랴. 언어가 주는 해방감과 자유로움을 만끽하며 그 어느 때보다 풍성한 시간을 누리리라는 억측을 해본다. 그래, 그럴 거야. 구부정하던 허리도 꼿꼿이 펴지고 수줍던 미소에도 당당한 웃음소리가 얹혀있을 거야.

할머니가 이렇게 오랫동안 보이지 않는 건 뜻밖이었다. 동네 밖을 나선 적도 없는 분이 자식 집을 떠나 혼자 인도까지 간다는 건 내 상상의 한계를 벗어나는 일이었다. 그러나 나는 부재에 대한 상상을 자제해 왔다. 그저 고향을 잠시 방문한 것이기를, 붉은 능소화가 무리 지어 피어날 때쯤이면 할머니의 수줍은 미소를 다시 볼 수 있기를 조용히 빌 뿐이었다. 그러면서도 왠지 그러지 못할 것만 같은 나의 직감이 두려워 그 집 앞을 지날 때면 힘없이 고개를 떨구곤 했다.

일단 조국을 떠나면 그때부터 이민 1세는 경계인으로 살게 된다. 고국과 이국 어느 기슭에도 이르지 못하고 그 언저리에서 허우적거리게 된다는 걸 진즉에 알았더라면 내 삶의 방향도 달라졌을까. 이민 1세의 몸이 거름이 되어 자식을 키우고, 그 자식이 낳은 손주 대에 이르러서야 피를 섞고 말을 섞으며 '저들'과 비슷해진다. 어느 하나 낯설지 않은 게 없는 이 땅에서 저들 문화에 합류되기까지 삼 대에 걸친 노력이 필요하다는 의미이다.

이민 첫 세대의 대부분은 중노동과 숨고 싶은 부끄러운 영어로 밥을 벌어야 했다. 서양 피로 혈관을 채워가는 아이들이 김치 냄새 나는 부모에게서 차츰 멀어지는 걸 느끼면서도 자식을 부둥켜안을 시간도 여력도 없는 각박한 삶이었다.

구겨진 옷자락을 펼 사이도 없이 누우면 바로 곯아떨어지는 자녀의 고단한 이민 생활을 지켜보며, 인도할머니의 잠은 공중에서 흔들렸으리라. 능소화처럼 붉은 노을이 지면 고향을 바라보며 그쪽으로 덩굴손 내밀어 허공을 휘적거리는 몸짓을 할 뿐, 달리 향수(鄕愁)를 표현할 줄조차 모르고 살았으리라.

선택할 여지도 없이 자식을 따라나선, 언어와 문화의 경계 밖에 머무는 삶에서 향수(鄕愁)란 어떤 의미를 지니는가. 할머니에게 그것은 극복할 수 없는 장애였을지 모른다. 망연한 눈빛으로 바라보던 노을의 진원지는 어디였을까. 타는 저녁노을은, 눈을 감으면 찰박거리는 머나먼 물소리가 아련히 들려오고 바람 냄새가 몰려오던, 고향을 향한 지울 수 없는 그리움의 빛이었으리라.

'자히르(Zahir)'라는 안대

어느 연말 모임에서였다. 새해 계획으로 독서를 꼽는 이들이 많았다. 읽고 싶은 책으로 누군가 파울로 코엘료의 〈오 자히르〉를 말하자 다들 제목이 무슨 뜻인지 궁금해 했다. 자히르(Zahir)는 아랍어로 '눈에 보이며, 실제로 존재하고, 느낄 수 있는 것으로, 일단 그것과 접하게 되면 서서히 우리의 사고를 점령해나가 결국 다른 무엇에도 집중할 수 없게 만들어버리는 어떤 사물 혹은 사람'이라고 정의한다.

자연스럽게 화제는 "나의 자히르는 뭘까"로 이어졌다.

"아이들 독립할 때까지는 자식?"

"그러다가 결혼하고 나면 손주에게서 벗어나지 못하고" 하며 웃었다.

우리는 자식에 대한 열정이 지나쳐 집착하는 세태를 말하며 시간 가는 줄 몰랐다. 아이를 많이 낳지 않는 것도 한몫할 테고 자동화된 가전제품 덕에 가사노동에서 자유로워진 것도 이유가 될 것이다. 머리와 가슴이 다른 목소리를 내는 우리도 그 화제에서 온전히 자유로울 수는 없었다.

자히르는 어떤 대상에 대한 집착, 사로잡힌 상태 또는 열정을 말하므로 긍정적인 측면과 부정적인 측면을 동시에 지닌 단어이다. 생의 추동력이 되는 동시에 강박의 대상이 될 수도 있다는 의미이다. 우리가 살아가며 어떤 일에 사로잡혀 열정적인 시간을 보낸다는 것은 분명 매력이고 삶의 에너지가 되기도 한다.

나에게는 글이 나의 자히르라 말할 수 있을까. 글을 쓰는 일이 내가 살아가는 이유가 되어주고 열정과 집착과 강박을 동시에 지니고 있으니 그럴 수 있다. 자히르를 받아들여 내 안의 잠재력을 십분 발휘할 수 있다면 그것도 나쁘지 않을 것이다. 그러나 언젠가는 받아들여야 할, 자히르마저 벗어놓고 자유로워야 하는 시점을 의식하면 마음이 가볍지만은 않다.

캐나다에 이민 와서 열정을 갖고 글에 몰두하게 된 것이 외로움 때문이라고 생각했다. 외로움의 근원은 닿을 수 없는 것들을 향한 그리움. 그리움을 가슴에 묻고 살 때에는 막연한 추상으로 존재하던 것들이, 글이라는 언어로 표출되자 마음이 움직일 때마다 살아나며 욱신거렸다. 무뎌지는 영혼을 간헐적으로나마 흔들어 깨울 수 있는 가시를 지닌 언어, 그것이 나를 깨어있게 했고 살아있게 했다. 비록 찌르듯 날카로운 아픔이라 해도 황혼에 이른 나이에 자극받을만한 무엇인가가 있다는 것은 기분 좋은 활력이었다. 시들어가는 영혼에 문학이라는 가시를 품고 살 수 있다면, 죽음 앞에서도 마르지 않는 붉은 피 가득한 혈관이라면, 싶었다.

열정에 사로잡혀 몰입하면 초인적인 능력을 발휘할 수 있다. 차안대(遮眼帶)를 한 말처럼 옆을 가리고 앞만 보며 달리면 능력을 최대한 이끌어낼 수 있다는 긍정적인 면이 있다. 하지만 어떤 한 가지에만 몰입한다는 것은 그것을 제외한 나머지 세계에는 무관심하다는 뜻도 된다. 사람은 말과는 달리 외곬으로 나아가면 성공할 수 있을지는 몰라도 주변과 조화를 이루기가 어려워 사회라는 거대한 물줄기에서 소외되기도 한다. 사회적인 그물을 벗어날 수 없는 우리 삶에서는, 차안대를 하고 독주하기보다는 함께 걷는 '관계'가 더 소중할지 모른다.

새해가 밝은 지 한 달이 되어간다. 새해 결심이 이미 작심삼일이 되었을 수도 있고 열정적으로 이루는 중일 수도 있다. 아직까지의 삶이 무엇인가를 얻기 위해 또는 이루기 위해 달려온 삶이었다면, 우리는 이미 그 과정에서 많은 부분을 얻었을 것이다. 사회적 잣대로 규정된 성취나 성공을 위해 더는 서두르거나 초조할 이유가 없다는 생각이다. '자히르라는 안대'를 벗고 천천히 걸으며, 자신이 진정으로 원하는 일이 무엇인지 생각하는 시간도 필요하지 않을까 싶다.

네가 이타카로 가는 길을 나설 때,

기도하라. 그 길이 모험과 배움으로 가득한

오랜 여정이 되기를.

… 언제나 이타카를 마음에 두라

네 목표는 그곳에 이르는 것이니.

그러나 서두르지는 마라.

비록 네 갈 길이 오래더라도

늙어져서 그 섬에 이르는 것이 더 나으니.

길 위에서 너는 이미 풍요로워졌으니

이타카가 너를 풍요롭게 해주길 기대하지 마라.

－그리스 시인 콘스탄티노스 카바피의 시 '이타카' 중에서－

엄마와 어머님

"저기 있는 저이 있잖아…, 딸일까 며느리일까?"

"며느리지, 뭐."

"어떻게 그렇게 금세 알아?"

"싹싹하게 하는 것 같지만 어쩐지 거리가 있어 보이잖아."

초로의 두 여인이 속닥거리는 대화였다. 곧이어 자신의 며느리와 딸 이야기로 이어졌다. 여인은 자기 며느리가 흠잡을 데 없이 바르게 대하지만 살가운 정은 느끼지 못할 만큼 거리를 둔다며, 친정 제 어머니에게도 그렇게 할까? 하더니 맥없이 웃었다. 엄마와 딸 사이의 거리와 시어머니와 며느리 사이의 거리는 어떻게 다를까.

딸과 같이 살고 있다는 여인은, 엄마와 딸 사이니까 편하기는 하지만 가리지 않고 허물없이 말을 하게 되어 오히려 상처를 받는다고 했다. 차라리 며느리와는 조금씩 조심하며 서로 최소한의 거리를 두다 보니 덜 서운한 관계로 지낸다고. 어쨌거나 요즘 세상에 자식은 다 어려운 거라며 웃는데 웃음 끝이, 쓸쓸해 보였다.

식물이 서로 잘 자라기 위해서는 간격이 필요하듯 사람 사이에도 적정 거리가 필요하다. 어느 해엔가 뒷마당 채소밭에 상추와 깻잎을 솎아주지 않아 농사를 망친 적이 있다. 너무 떨어져 있어도 곤란하지만, 너무 밀착된 관계에서도 바람직한 소통과 성장을 하기 어렵다. 가장 가깝다는 부부 사이에서도 숨 쉴 정도의 거리는 두어야 하거늘.

한국에 갔을 때였다. 친정어머니와 오붓하게 보내는 시간을 갖고 싶어서 둘만의 기차여행을 계획했다. 엄마는 무릎 관절이 좋지 않아 멀리 갈 수도 오래 다닐 수도 없었다. 고심한 끝에 2박 3일 일정으로 가까운 온천으로 떠났다. 객실 승객이라고는 우리밖에 없어 엄마는 기차를 통째로 전세 낸 것 같다며 좋아했다. 나들이 기분을 내고 싶어 기차에서 도시락과 삶은 달걀도 사 먹고 커피도 마시며 밀린 이야기를 나누다 보니 어느새 목적지가 보였다.

옛 추억 속의 유황 냄새 나는 아담한 온천을 상상했는데 건물은 웅장했고 실내는 별천지가 따로 없을 만큼 넓고 화려했다. 비수기에다 평일이라 손님이 거의 없어서 휑한 공간이 아마 더 넓게 느껴졌는지도 모른다. 옷을 갈아입다 말고 물끄러미 내 수영복을 바라보는 엄마의 눈길이 내 눈과 마주쳤다. 여든 중반에도 시들지 않은 여성성을 발견한 나는, 놀라면서도 무심결에 내 꽃무늬 수영복을 엄마께 드렸다.

"딸도 딸 나름이겠지만 딸이 좋긴 좋구나." 몇 차례 실랑이 끝에 마지못한 듯 받으며 멋쩍게 웃는 엄마 웃음에 나는 울고 싶었다. 이민 와 살면서 자식 노릇을 못하는 데 대한 자격지심인지, 딸도 딸 나름이라는 말이 목에 걸렸다. 각기 다른 약초를 넣은 야외 온천 욕장을 골고루 돌아다니는 동안 엄마의 발그레 익은 얼굴에서 내 내 웃음이 떠나질 않았다. 내 집에 돌아간 후에 나를 웃고 울게 만들 웃음이었다.

한산한 식당에서 저녁을 먹는데 한 아주머니가 "친정엄마하고 딸 맞지요?" 하며 밑도 끝도 없이 다가왔다. 아까부터 우리를 지켜보다가 작년에 돌아가신 자기 친정엄마 생각이 나서 울컥했다며 마치 오래 알고 지낸 사람처럼 스스럼없이 곁에 와 앉았다. 엄마는 어떻게 알았느냐며 반색을 했다. 아무려면 며느리가 시어머니에게 다른 것도 아닌 자기 수영복을 선뜻 내주겠냐고, 딸이니까 그럴 수 있는 거라고 했다.

그 한마디에 나는 휘청, 하고 말았다. 시어머니였어도 내 수영복을 드렸을까. 생각해 보니 수영복은커녕 어머니와 온천 한번 가본 적이 없었다. 친정엄마와도 연세 여든이 넘어서야 온천에 간 거였다. 그때 이미 시어머니는 자리보전하고 누운 뒤여서 그럴 기회가 없었다는 나의 어쭙잖은 변명은 초라하기 짝이 없었다. 시어머니와 맺은 인연을 돌아가시기 전에 제대로 풀어야 한다는 생각에 마음만 무거웠다.

　엄마라는 단어에는, 어머님에는 들어있지 않은 설명하기 어려운 무엇인가가 있다. 그건 생명을 나눈 피붙이라는 점을 너머, 모녀가 오랫동안 쌓아온 온갖 감정과 추억으로 응축된 시간이 아닐까 싶다. 그 시간만으로도 이미 생각이라는 저울을 거칠 필요가 없어진다. 첫눈에 불이 붙는 남녀 간의 사랑도 아니고 생명을 주고받은 모녀 사이도 아닌, 며느리와 시어머니 사이에는 무려 30년이라는 공백을 메울 시간이 필요하다는 의미가 된다.

　시어머니와도 친정어머니 이상의 정을 나누고 사는 경우가 드물게 있는 걸 보면 어떤 시간을 공유하느냐의 문제일 수도 있다. 나역시 만만치 않은 세대의 시어머니로 살고 있다. 더구나 몸의 반쪽은 한국 문화와 정서에 젖은 채 반쪽만 서양 사회를 딛고 사는 환경에서 며느리와의 거리를 어떻게 좁혀나갈지, 쉽지 않은 숙제를 받은 기분이다.

저들의 웃음

햇살 가득한 바다가 몸을 뒤척일 때마다 흰 거품이 일었다. 카리브 해에 있는 외딴섬을 향해 통통배가 속력을 내기 시작하면서 뱃전에 앉은 승객들은 몸이 젖을 대로 젖는데도 얼굴에서 웃음이 떠날 줄 몰랐다. 몸이 젖는 걸 지독하게 싫어하는 나로서는 이렇게 쌀쌀한 날씨에 몸이 저 정도로 젖고도 정말 웃음이 나오는지 의심스러웠다. 섬까지는 40여 분이 걸린다고 했다.

출발하고 얼마쯤 달렸을까, 승객 중 한 여자가 농담처럼 말했다. 자기는 섬에 있는 동굴이 아니라 해변 관광을 신청했는데 배를 잘못 탄 것 같다고. 그 말에 다들 웃었다. 그런데 웃을 일이 아니라 정말이었다. 나는 웃음을 거둬들이고 호기심에 눈빛을 반짝였다. 한국 사람이라고는 우리 부부밖에 없으니 이 사람들은 이럴 때 어떤 반응을 보일지 궁금했다.

안내원이 그녀에게 어떻게 하는 게 좋을지 물었고 그녀는 돌아가야겠다고 했다. 나는 바다를 돌아보았다. 얼마 지나지 않은 것 같은데 배는 이미 검은 물결 출렁이는, 사방이 바다뿐인 곳에 들어와 있었다. 거친 물살을 하얗게 뿜어내며 기어이 배는 돌아섰다. 승객들은 "오, 마이 갓!"을 외치며 그들 특유의 몸짓으로 어깨를 들썩했다. 그게 전부였다. 화가 난 사나운 얼굴도 아니고 어이없어 하는 표정도 아니고, '웃고' 있는 거였다. 이 상황에 웃음이라니.

나는 이런 경우 누구에게 잘못이 있는 걸까 생각했다. 배를 확인하지 않고 탄 승객일까, 아니면 표를 제대로 검사하지 않고 태운 검표원일까, 확실하게 사전 안내를 못한 안내원일까. 고개 숙이고 죽은 듯이 있어도 시원찮을 판국에 그녀는 주변 사람들과 넙죽넙죽 말을 하고 있었다. 내가 이상한 건가 싶어 주위를 둘러보았지만 내 기분에 동조할 얼굴은 찾아낼 수 없었다. 그러는 사이 배는 원위치로 돌아갔고 그녀는 생글거리는 얼굴로, 나머지 시간 즐겁게 보내라며 유유히 떠났다. 안내원은, "미안하다, 그렇지만 오늘 우리에게 즐길 시간은 충분하다"는 말로 그 일을 일축했고 저들은 "노 프라블럼!"을 외치더니 정말 무슨 일이 있었냐는 듯 희희낙락했다.

나는 십 년이 넘게 저들의 웃음을 보며 살아도 아직 그 웃음을 제대로 해독하지 못한다. 저들의 웃음을 이해하지 못해 낯설고, 그 웃음에 섞여들지 못해 외롭다. 옆에 앉은 남편 얼굴을 슬쩍 바라보았다. 별 희한한 여자 다 보았다는 표정이었다. 같은 생각과 정서를 나눌 수 있는 남편이 있다는 게 오늘따라 반갑고 고마웠다. 만일

배에 한국 사람만 탔었다면 어땠을까.

낯선 웃음을 안고 달려간 섬. 밤톨만 한 섬에 봉긋한 산이 하나씩 올라앉아 있었고 산 밑의 동굴은 생각보다 깊었다. 동굴 가장 깊은 곳은 건물 몇 층 높이가 될 만큼 높았고 천장에는 사람 하나는 족히 드나들 정도로 커다란 구멍이 뚫려있었다. 햇살이 드나드는 구멍이 채광과 통풍 역할까지 하는지 동굴이 어둡지도 습하지도 않았다. 바닥에서 시작한 굵은 나뭇가지들이 서로 엉켜 오르며 하늘 입구에까지 닿아있었다. 어쩌면 동굴의 옛 주인인 원주민들은 나무 덩굴이라는 자연의 엘리베이터를 타고 올라가 활짝 열린 구멍으로 나가서 섬 꼭대기에 있는 열매도 따고 동물도 사냥했는지도 모를 일이다.

끝없이 펼쳐지는 상상에 취해있을 때 등 뒤에서 섬의 역사와 유래를 이야기하는 소리가 들렸다. 아버지와 아들이 나누는 대화였다. 미리 조사해 온 자료를 토대로 묻고 답하는 태도가 진지했다. 나는 섬이나 동굴에 관한 사전 지식이 없었던 터라 오로지 내 눈과 상상력에 의존하고 있어서 그들 대화에 귀가 쫑긋했다. 설명을 듣고 보니 모든 게 달라 보였다. 아는 만큼 보인다는 게 괜한 말이 아니었다. 언젠가 미국 노부부가 페루 여행을 하기 위해 팔 개월 동안 여행지의 역사와 지리, 그리고 언어까지 공부하는 걸 보고 놀랐던 기억이 되살아났다. 철저히 준비된 여행과 즉흥적인 여행에는 양쪽 다 그만의 독특한 매력이 있겠지만, 그들을 지켜보며 또 다른 여행 방법을 엿볼 수 있었다.

혹시 저들의 웃음도 여행 준비를 하듯이 철저히 준비되고 훈련된 이성적인 웃음이 아닐는지. 우리처럼 온몸으로 웃는 게 아니라 입술로만 웃고는 바로 사라지는 반짝 웃음. 우리 같으면 화를 내고도 남을 상황에서조차 어깨 한번 으쓱하고 웃을 수 있는 저들 웃음 문화의 기저를 이루는 건 무엇일까. 어려서부터 습득되었을, 상대방에 대한 예의나 배려일까 아니면 대륙 기질에서 오는 여유일까. 잘 웃지는 못해도 일단 웃으면 가슴까지 웃는 우리. 울그락불그락 얼굴을 붉히고서도 돌아서면 그뿐인 우리와 아무렇지도 않은 듯 활짝 웃어놓고도 돌아서서 변호사를 찾아가 법으로 해결하는 저들. 남의 나라에 살며 그들을 '저들'이 아닌 '우리'라 부를 수 있는 날이 내게도 오려는지.

천국행 티켓

띵동! 벨소리에 한창 재미있게 읽던 책을 덮어두고 일어섰다. 굼뜬 걸음으로 아래층까지 내려갔다. '마음이 기꺼우면 발걸음도 가볍다'는 속담이 괜히 생겼을까. 이렇게 느닷없이 문을 두드릴 사람이라고는 기부금을 모으거나, 아니면 집 안팎 관리를 해준다는 홍보직원일 터. 어찌됐든 반가운 얼굴은 아니리.

걸쇠를 젖히지도 않은 채 현관문을 빼꼼히 열고 내다보니 한국인 모녀가 서 있었다. 뜻밖이었다. 뜻밖인 건 나만이 아니었을 것이다. 한국사람은 우리뿐인 동네에서 우연히 두드린 집주인이 한국사람이라 아마 그들도 놀랐으리라. 우리말을 들으니 반가운 마음이 앞섰지만, 안녕하세요, 라는 말을 미처 끝내기도 전에 "이거 읽고 천국 가세요" 하며 작은 책자 하나를 급히 들이밀었다. 마지못해 받아 드는 내 표정을 들켰겠지. 바늘 하나 꽂을 여유도 없는 내 마음까지도 보았을까. 못 볼 사람을 본 것도 아닌데 허둥거리며 그들 모녀를 돌려보내고 나니 마음이 편치 않았다.

산책 갔다가 돌아오는 길에 볕이 좋아 너럭바위에 잠시 걸터앉았다. 몸이 조금씩 뒤로 젖혀지더니 나중에는 아예 드러눕다시피 했다. 반쯤 녹은 엿가락처럼 한번 바위에 붙어버린 등을 좀처럼 떼어낼 수 없었다. 간간이 들려오는 물결 소리에 실바람까지 불어오니 몸이 풀리면서 잠이 올 것 같았다. 얼마나 지났을까. 지옥 같던 마음이 더는 아무 생각도 들지 않으리만치 편안해졌다. 걱정도 불안도 햇볕에 녹았는지 바람결에 흩어졌는지 아프던 머리마저 개운해진 느낌이었다.

따뜻한 바위에 등 대고 누워서 느낀, 몸뿐 아니라 영혼도 평화로운 흔흔한 상태가 바로 지상의 천국 아닐까 싶었다. 그때 문득 한국인 모녀에게 천국 가는 책자를 받은 생각이 났다. 열쇠를 주고 갔는데도 천국의 문은 열리지 않은 채 집안 어디엔가 있다가 언제 사라졌는지 기억도 나지 않는다. 비록 천국 가는 티켓은 잃어버렸어도 모녀의 방문은 죽은 후가 아니라 살아있는 동안의 천국을 생각하게 했다.

경전 속에 문자로 존재하는 천국이 아니라, 바위에 누워있는 동안 내 마음에 실재하는 천국을 경험하는 듯한 환각. 그동안 몸으로 마음으로 지은 죄, 생각으로 말로 지은 죄를 떠올리면 내게 천국이란 가당치도 않은 단어이지만, 나는 그렇게 천국을 '느끼며' 누워있지 않았던가. 천국이란, 느끼는 상태를 의미하는 게 아닐까. 행복이 찾거나 갖는 게 아니라, 내 안에 이미 존재하는 행복이라는 감정을 '느낄' 때라야 행복할 수 있듯이.

버트란드 러셀은 〈행복의 정복〉에서 말한다. 행복하려면 자신이 가장 갈망하는 것이 무엇인지 알아내서 그것을 이루고자 하는 데에 열정을 쏟고, 이룰 수 없는 것에는 깨끗하게 단념하라고. 문제는 자신이 원하는 것이 무엇인지 모른다는 점이다. 세상이 원하는 것과 자신이 원하는 것과의 차이를 혼돈하는 경우가 얼마나 많은가. 세상이 바라는 기준에서 시선을 돌려 자신이 진정 원하는 작은 일에 몰입하고 열정을 쏟을 수 있다면, 그게 행복한 삶이리라.

사이렌 소리가 지나갔다. 잠시 맛본 행복이 순식간에 과자 부스러기처럼 흩어지고 다급한 소리에 마음이 허둥거렸다. 삶과 죽음의 좁은 틈서리에서 인간이 인간을 부르는 절박한 외침. 구급차는 보이지 않고 도로 위에 구르던 사이렌 소리가 이명처럼 남아 윙윙거렸다. 행복도 찰나요 불안도 찰나라는 의미 같았다. 그런데도 찰나가 계속될 것만 같은 착각, 그게 미련이고 집착일 것이다.

마음의 흙탕물을 가라앉혀 겨우 맑은 물이 고였는데 사이렌 소리라는 돌멩이가 날아와 휘저은 것처럼 이내 탁해졌다. 어찌 평범한 삶을 살며 돌멩이가 날아들지 않기를 바랄 수 있을까. 진흙 자체를 없애지 못할 바에야 흐려지면 흐린 대로 다시 맑아지기를 기다릴 수밖에. 한결같은 본연의 상태를 의미하는 '여여(如如)함'은 어찌 그리 멀리 있는지.

집

한 사람의 정체성을 가장 잘 드러내는 공간은 어떤 곳일까. 그 사람이 사는 집 아닐까. 그의 몸과 정신을 오롯이 느낄 수 있는 곳이 집이니, 조금 과장하면 집은 곧 자신의 얼굴이고 정신이라는 말도 가능하다. 나의 삶은 어떤 곳을 거쳐 여기까지 이르렀을까. 과거에 살던 집과 현재의 집, 그리고 앞으로 살고 싶은 집을 그려본다.

고단한 인생길에서 가장 편안하고 자유롭게 몸과 마음을 뉘어쉴 수 있는 곳, 자기 자신도 어쩌지 못할 삶의 냄새가 진하게 배어 있는 공간이 집이다. 냄새는 한 생명체가 뿜어낸 진솔한 시간의 집적이며 흔적이다. 내가 생각하는 집이란, 가족의 시간을 기억하는 공간으로 존재할 때 비로소 의미를 지닌다. 요즈음처럼 사생활과 개성을 존중하는 시대에는 집의 개념도 달라질 수 있다. 하지만 먹고 자는 기본적인 터전이라는 물리적인 의미 외에도, 자신만의 기억과 정서를 농밀하게 응축시키는 독특한 공간으로서의 가치는 변함이 없을 것이다.

집은 즐겁고 행복한 하루를 물고 돌아와 이야기꽃을 피우는 곳이기도 하지만, 피로한 기억을 잊게 해주고 상처를 보듬어주는 치유의 공간이기도 하다. 그건, 집에 가족이 있다는 전제 아래 가능할지 모른다. 딸로, 아내로, 엄마로 역할을 바꿔가며 살아온 궤적속에 자리한 나의 가정은, 자연스럽게 내 삶 속에 가장 굳건한 위치를 차지한다.

집에 머물던 시간은, 기쁨이든 아픔이든 순간순간이 액자에 넣어 간직할 만한 것들로 가득하다. 그중에는 퇴근한 아빠 팔에 안겨 수염 난 얼굴에 볼을 비비던 어린 시절의 행복한 순간도 있고, 병치레하는 딸들의 얼굴을 들여다보던 부모님의 근심스러운 시간도 있다. 맏손주를 보고 세상을 얻은 듯 기쁨을 감추지 못하는 할머니 할아버지의 웃음을 담은 장면도 눈에 띈다.

결혼하기 전에 딸 넷이 쏟아내는 재잘거림과 웃음으로 왁자하던 밥상머리 추억이, 결혼하면서부터는 조용해진다. 한국의 많은 가장이 그랬듯이 우리도 남편이 회사에 묶여있어 어린 아들과 단둘이 조촐하게 저녁을 먹을 때가 허다했다. 그렇게 호젓하던 집안 풍경은 일생에 큰 획을 긋는 이민을 오면서 또 다른 모습으로 바뀐다.

뒷마당에 커다란 배나무가 있는 토론토 집에서, 행복한 시간과 전쟁 같은 시간을 동시에 보냈다. 무엇보다 세 식구가 매일 함께

밥을 먹을 수 있다는 게 기뻤다. 그러나 맞벌이 부부로 각자 바빠서 함께할 시간이 없다가 갑자기 24시간 얼굴 맞대고 살면서 볼 것 못 볼 것 너무 많이 보는 것도 문제였다. 나는 그의 낯선 여자로, 그는 나의 낯선 남자로 새로 태어나는 진통을 겪어야 했다. 그럼에도 그 곳은, 직장에 매여 제대로 못한 엄마 노릇과 주부 역할에 충실하며 밀린 빚을 갚듯이 마음의 무게를 덜어내던 곳이며 그간의 나의 삶을 글로 풀어내기 시작한 곳이기도 하다.

도심을 벗어나 한가롭게 살고 싶다는 바람이 이루어져 몇 년 후 외곽에 위치한 집으로 옮긴다. 집 근처에 숲이 있고 호수가 있다는 매력은 매력 이상의 정신적 풍요를 안겨준다. 이 집에서 우리 부부는 은퇴하여 자연과 벗하는 생활을 하고 있다. 아들은 대학을 졸업하여 취직하고 결혼하여 손자까지 낳았으니 인생의 웬만한 큰일을 다 이 집에서 치른 셈이다. 거쳐온 집마다 추억 없는 곳이 있으랴마는, 지금 사는 집에서 쌓인 추억이 우리 가족의 정신적 뼈대를 이룬다 할 수 있다.

거대한 세상이라는 지도에서 우리는 얼마나 쉽게, 그리고 자주 길을 잃곤 하는가. 그럴 때마다 등대처럼 빛을 밝혀 길잡이가 되어 주는 게 가정이라는 곳이다. 기쁘고 즐거울 때뿐 아니라 슬프고 고통스러울 때조차 편히 안겨 쉴 수 있는 공간은 가족이 기다리는 곳 아닐까. 어떤 공간에든, 오래 머물던 생명이 남긴 자취가 그곳에 깊이 새겨진다는 특성이 있다. 하물며 피붙이인 식구들이 모여 몸과 마음을 섞던 집이야 말해 무엇할까.

노후에 살고 싶은 집을 그려본다. 자그마한 통나무 집에 지금처럼 손바닥만 한 텃밭을 들여 채소가 주는 생명의 경이로움을 손끝으로 만지며 살고 싶다. 집에는, 남쪽으로는 벽이 없이 온통 창을 내어 집안 구석구석에 해가 들면 좋겠다.

작은 도서실을 만든다. 영혼을 행복하게 해주는 책들이 가득 꽂힌 책장을 바라보며 어떤 것을 먼저 읽을지 고민하고 싶어서다. 친구와 커피와 책이 있는 삶. 종일 커피 향이 맴도는 방에 아주 긴 나무 테이블을 들여놓고 취향이 비슷한 친구들을 불러, 책과 세상을 이야기하는 그런 집을 나는 꿈 꾼다. 햇볕과 도서실과 커피 향이 있는 따스한 노년의 집을.

밥 냄새

"마음 수련이란 밥 뜸들이듯 해야 합니다."

밥 뜸들이듯, 밥 뜸들이듯이…, 온종일 이 말이 메아리처럼 울린다. 스님을 처음 만났을 때 던지듯 건넨 인사말이다. 뜸들이듯 한다는 말에는 여러 의미가 함축되어 있다. 밥 냄새가 가장 맛있을 때는 뜸 들 무렵이 아닐까. 제대로 된 밥맛을 내려면 뚜껑을 열지 않고 뜸 드는 시간을 기다려야 하듯, 성급하게 이루려고도 하지 말고 무르익기 전에 드러내려고도 하지 말라는 의미 같다. 성숙한 삶을 뜸 드는 냄새의 넉넉함과 평화로움에 비유한 게 아닌가 싶기도 하다.

절에 들어온 지 이틀째. 닷새 동안 절에 머물면서 스님들과 생활하는 수련법회에 참가하고 있다. 새벽 세 시. 영롱한 목탁소리가 고요를 깨며 스님 발걸음을 따라다닌다. 목탁소리에 묵직하게 고여있던 어둠이 부서지고 곤히 잠들었던 뭇 생명이 하나둘 깨어나는 소리로 부산스럽다. 졸린 눈을 비비며 천지 분간이 안 되는 어둠을 밟고 시냇가로 향한다. 냉기 가득한 물을 두 손에 담아 턱 끝에 묻혔을 뿐인데 진저리가 쳐지면서 미몽에 사로잡힌 영혼이 덩달아 깨어나는 것 같다.

아침 발우공양 시간이다. '밥을 받들어 모시는 일'이라 풀이하기도 하는 공양(供養)은 커다란 나무를 깎아 대접처럼 만든 스님 밥그릇인 발우에 밥과 반찬을 담아서 먹는 식사를 말한다. 이름도 낯설지만 다들 평소 법회 때 배운 기억을 더듬어 익숙한 손놀림으로 식사를 한다. 못다 먹으면 어쩌지 하면서도 나는 밥을 듬뿍 푼다. 오후에 백팔 번 절을 하려면 체력이 받쳐줘야 하기 때문이다.

백팔 배를 하며 무엇을 깨우친다기보다는 몸과 마음을 가장 낮은 곳까지 낮추는 법을 배우게 될 것이다. 얼마나 낮아져야 진정한 겸손에 닿을 수 있을까. 겸손의 궁극에서 우리는 당당함을 만나는지도 모른다. 더 내려갈 곳이 없다면 두려움도 없을 테고, 욕망도 두려움도 없는 그곳에서 진정한 의미의 자유로움을 만날 수 있지 않을까. 심연의 바닥까지 내려간 가장 낮은 곳, 삼천 번을 엎드려서라도 그곳에 이를 수만 있다면….

커다란 발우에 담긴 밥알에서 하얀 김이 올라온다. 한술 떠서 입에 넣고 공을 들여 씹는다. 밥이 달다. 밥알이 지닌 온기가 향기로 온몸에 고루 퍼지는 느낌, 그건 희열이다. 고요한 가운데 오로지 먹는 데만 집중해서 찬찬히 씹다 보니 저절로 깊은 맛을 음미하게 된다. 반찬은 된장에 무친 묵은 나물이다. 산바람에 뒤척이며 가을 볕을 품은 묵은 나물이 항아리에서 오래 숙성된 된장과 어울리며 뻣뻣한 성질을 버렸는지, 부드럽다. 바람에 마를 때를 기다리고 물에 들어가서 제 몸이 풀릴 때를 기다리던 시간의 맛. 늘 먹던 나물인데 오늘따라 혀를 붙드는 까닭을 알 것도 같다. 음식을 먹을 때 먹는 일에만 집중한 것이 몇 번이나 될까 생각하다가 생각 자체를 버려야 한다는 말이 떠올라 머리를 흔들어 떨구어낸다.

나는 이곳에 와서야 비로소 제대로 먹는 법을 배운 것 같다. 씹기도 전에 넘기기 바쁘던 내 모습이 보인다. 끼니를 때우기 위해, 허기를 달래기 위해 먹는 밥 이상의 의미를 지닌 밥알이다. 맨밥과 묵은 나물 하나에 이토록 오묘한 맛이 들어있다는 것을 처음 안 것처럼 매료된다. '밥 한번 같이 못 먹어본 사이'라는 말이 있을 만큼 밥은 사람과 사람 관계에서 중요한 역할을 한다. 육신을 밥으로 달래고 나니 정신이 고요해지는 느낌이다. 온전히 마음을 기울여서 먹는 이 단순한 행위 하나로 마음이 더없이 평화로워지는 신비, 전에는 느끼지 못한 일이다.

어제저녁, 절의 부엌인 공양간 앞을 서성이며 밥 짓는 걸 기웃거리고 있었다. 그저 밥 냄새가 맡고 싶어서라는 말에 공양주 한 분이 슬그머니 내 소매를 잡아끌었다. 바쁜 일손을 돕지는 못하고 우두커니 구경하는 게 미안해서 뒷걸음쳤지만 결국 후덕한 마음에 붙들려 안으로 들어갔다.

배를 띄워도 될 만큼 커다란 가마솥 두 개가 뿜어내는 김으로 부엌은 마치 안개가 낀 것 같았다. 내가 들어설 무렵에는 아궁이 불길도, 기세 좋게 끓던 밥물도 작은 소리로만 존재할 때였다. 그건 물러날 때를 알고 사라지는 소리였다. 불똥을 뿜어내며 솟구치던 불길이 뜸을 들이기 위해 자제하는 소리, 부글거리고 끓던 가마솥 물이 억제하는 소리였다. 밥 짓는 시간의 마무리인 뜸 드는 냄새, 밥 냄새 하나로도 마음에 고여 있던 많은 이야기가 두런거리며 살아나고 있었다. 그 촉촉한 냄새를 붙들면 힘겨운 삶도 견딜 수 있고 방황하던 영혼도 제 자리를 찾을 것만 같았다. 다른 어떤 냄새가 이토록 푸근할 수 있을까.

매일 밥을 하고 매일 먹는 밥이거늘, 수천수만 번을 거듭하면서도 어째 나는 이런 경험이 처음일까. 마음을 낮추어 기도하고, 밥 짓는 마음으로 살리라 다짐해본다. 그렇게 도착한 내 인생이 뜸드는 시간, 그때쯤에는 나의 삶도 밥 냄새를 닮아있겠지.

흔적

　책상을 정리하는데 뭔가 등 뒤에서 강렬한 눈빛으로 잡아 끄는 것 같아 돌아섰다. 빨간색 천으로 만든 의자 둘이 벽에 기대어 나란히 서있었다. 이게 이 구석에 있었구나. 그중 하나는 아버지 의자였다. 매일 지나치면서도 무심했는데 가까이 다가가자 아직도 흐릿하나마 아버지 냄새가 나는 것 같았다. 의자도 제 주인을 기억하는지 십 년이 넘도록 주인의 냄새를 지우지 못하는 모양이었다. 기억은 감각과 함께 느낌으로 기억될 때 더 분명해진다더니 아버지와의 기억에는 냄새와 맛과 색이 혼재했다.

　십오 년 전 그날, 의논이 아니라 통보 비슷한 우리의 캐나다 이민 결정을 들으며 말없이 흔들리던 아버지 눈빛에 내 입이 말랐다. 오래 침묵하는 아버지 앞에 앉아 나는 마른침을 삼키며 애꿎은 방바닥만 문질렀다. 한국을 떠나던 날, 엄마 아버지도 함께 비행기에 올랐고 나중에야 어찌 됐든 일단 같이 갈 수 있어 다행이라고 여겼다. 공항 출국장 너머로 사라지는 맏딸의 뒷모습을 바라보고 있을 아버지 눈이, 그 눈빛이 나를 잡고 놓아주지 않을 것 같아 우리끼리만 떠날 수가 없었다. 뭐라고 설득했는지 기억은 나지 않아도 하여간 같이 왔다.

배편으로 오고 있을 살림살이가 도착하기 전이라 쓸쓸한 바람만 드나드는 집안엔 당장 앉을 의자 하나 없었다. 빈 집을 둘러보는 아버지 눈길이 구석구석에 무겁게 내려앉았다. 급한 대로 사온 의자 둘이 거실에 놓였고 그중 하나가 아버지 의자가 되었다. 마치 당신 의자라고 이름을 새겨놓기나 한 듯 아버지는 우리 집에 머물던 내내 같은 의자에만 앉으셨다. 해질 무렵이면 뒷마당이 내다보이는 자리에 정물처럼 앉아 허공을 응시하던 모습을, 나는 잊지 못한다. 커피잔을 들고 곁을 빙빙 돌면서도 나는 왜 커피가 다 식도록 소리 내어 아버지를 부르지 못했을까. 발밑에 고여 드는 어둠도 의식하지 못하고 못 박힌 듯 앉아 있는 아버지 마음을 읽게 될까 두려웠는지도 모른다. 아버지와 함께한 고국에서의 그 많은 시간을 다 어찌하려고 나는 이 먼 곳까지 온 것일까.

앉으셨던 의자에 그렇게 당신의 색을, 당신의 냄새를 꾹꾹 눌러 새겨 놓고 한국으로 떠났고, 갑작스레 찾아온 병마를 이기지 못해 불과 두어 달 뒤에 세상의 문마저 닫으셨다. 한국에서 장례를 치르고 돌아와 오랜 시간이 흐르도록 나는 감히 아버지 의자 곁에 가지 못했다. 고국을 떠날 때 아버지 눈빛에 붙들릴 것이 두려웠던 것처럼 이제는 아버지 냄새에 잡힐 것 같아서, 한번 잡히면 그대로 주저앉아 허허벌판 남의 땅에서 다시는 일어서지 못할 것만 같아서.

피할 도리 없이 의자와 마주친 어느 날, 비로소 나는 텅 빈 의자에서 현실을 인정해야 했다. 정말 떠나셨구나. 다시는 볼 수 없겠구나. 이렇게 한 삶이 끝나는 거였구나 싶었다. 누가 시킨 것도 아닌데, 마치 앉는 것이 금지된 것처럼 아버지 의자뿐 아니라 그 옆의 의자에도 우리 식구 누구도 앉으려 하질 않았다. 휑하던 집안이 하나둘씩 구입한 가구들로 채워지면서 아버지의 빈자리도 거의 눈에 띄지 않게 되었다.

그러던 어느 날, 소파를 들여오며 아버지 의자를 다른 곳으로 옮길 때였다. 무뎌진 줄 알았던 상실감이 날카롭게 되살아났다. 무턱대고 모시고 오는 게 아니었는데, 자리 잡은 다음에 오셨더라면, 하는 후회와 자책으로 마음이 요동쳤다. 우리 삶에서 지난 일을 두고 하는 가정은 얼마나 부질없고 공허하던가. 만일 아버지 운명이 거기까지였다면 그나마 딸네 집을 보고 가신 것만으로도 다행이라고 여긴 건 그러고도 몇 해가 지나서였다.

나는 벽 쪽으로 밀려난 아버지 의자 등받이 부분에 둥그스름한 얼룩이 있는 것을 우연히 발견했다. 뭔지 알 수가 없었다. 한참만에야 나는 그게, 머리카락이 거의 없던 아버지 민머리에서 나온 머릿기름이라는 걸 알아냈다. 그렇게 의자에 뚜렷한 흔적으로 남은 아버지를 발견한 날, 나는 의자를 돌려놓고 맞은편 의자에 앉아보았다. 둥근 자국은 꼭 내 눈높이쯤에 나 있었다. 그 자국을 보고 앉아있으려니 마치 아버지 눈빛을 마주보듯 심장이 울렸다. 갑작스러운 이별을 앞두고, 멀리 떨어져 사는 딸에게 미처 전하지 못한 삶의 비밀을 알려주려는 듯한 흔적이었다.

같은 의자에 늘 같은 자세로 앉아계시던 모습이 살아나며 십몇 년 전 시간이 내 기억을 잡고 놓아주지 않았다. 커피 두 잔을 내려왔다. 아버지 취향인 설탕 두 스푼을 넣은 커피와 내가 좋아하는 블랙커피. 아버지 잔에서 풍겨오는 달차근한 커피 향이 쌉쌀한 내 커피 향에 섞여 들었다. 당신 커피의 달달한 향으로, 결코 달콤할 수 없는 타국에서 딸이 견뎌야 하는 삶을 위로하려는 것 같았다.

지나간 아버지 사랑이 몹시도 그립던 날, 추억을 어루만지듯 추적추적 비가 내렸다. 이젠 익숙해진 타국에서의 낯섦. 비만 오면 파고들던 외로움도 그리움도 더는 낯설지 않다. 지금도 아버지는 나의 집 한쪽 자리를 말없이 지키고 있다. 아무도 앉지 않는 빨간 의자에 앉아 그토록 아끼시던 딸이 답 없는 답을 물으면 빙그레 웃을 것이다, 살아계실 때처럼. 살아가는 동안 가장 지우기 힘든 흔적은 어떤 것일까.

결국 사랑인 것을

카페에서 간단하게 점심이나 먹고 오자며 길을 나섰다. 밖은 무척 추웠다. 매서운 2월 바람이 마음마저 꽁꽁 얼어붙게 만드는 날씨였다. 카페는 앞면과 옆면이 온통 유리로 되어있어, 바깥바람과는 아랑곳없이 햇볕만 받아들여 봄날처럼 밝고 아늑했다. 우리 부부는 창가 쪽을 좋아하여 거리 풍경이 내다보이는 곳에 자리 잡고 앉아, 주문한 샌드위치와 커피를 기다리고 있었다.

별생각 없이 바깥을 내다보고 있는데 시커먼 물체가 유리창에 나타났다. 외모로 보아 캐나다 사람은 아닌 듯한 늙수그레한 유리 청소부였다. 손놀림이 예사롭지 않아 보였다. 거품이 이는 스펀지 막대를 좌우로 슥슥 문지르고 나서 자동차 앞 유리에 달린 것 같은 도구를 위에서 아래로 꼭 한차례 내려그었을 뿐인데 부옇던 유리가 반짝이며 투명해졌다. 막대의 움직임을 따라 겨우내 쌓인 유리의 더께가 벗겨지고 맑아지는 걸 보니 마음의 때까지 지워지는 듯

개운한 느낌이 들었다.

그와 얼굴이 잠깐 마주쳤을 때 내가 씽긋 웃었는데, 그는 내 눈을 보면서도 표정이 없었다. 서양 사람들은 처음 보는 사람에게도 오래 사귄 것처럼 웃으며 인사하더라마는. 모르는 사람과 웃으며 인사하는데 십 년이 더 걸린 나로서는 그의 무표정한 얼굴에 무색해져서 고개를 돌리고 말았다. 무엇이 그에게서 표정을 지워버린 것일까.

밀란 쿤데라의 〈참을 수 없는 존재의 가벼움〉에 등장하는 남자. 토마스의 얼굴을 보는 듯했다. 그도 유리를 닦았었다. 연인인 테레사를 향한 마음이 연민인지 사랑인지 확신이 서지는 않지만, 지켜야 할 유일한 의무로 여긴 그는 결국 스위스에서의 모든 기득권을 포기하고 사랑이 있는 프라하까지 달려갔다. 적성에 맞는 의사로 활동하며 가볍게 생활하는 세계에 안주하던 그는, 사랑을 지키기 위해서는 직업도 포기할 수 있다고 생각했다. '그래야만 한다'고 내면에서 끊임없이 울려 나오는 운명의 목소리를 따른 것이다. 당시 사회주의 체제를 유지하던 프라하에서는, 한번 포기한 의사라는 지위를 이어갈 방법이 없었다. 육체노동으로 살아가는 길밖에 없는 상황에서 그는 유리창 청소부가 되기로 마음먹었다.

사랑하는 사람을 위해서 택한 일이니 후회는 없었을까. 테레사를 자신의 시적(詩的) 공간인 순수 영역에 받아들임으로써, 연민으로 시작한 사랑을 지고지순한 절대 가치를 지닌 사랑으로 승화시

컸다. 그건 육체의 세계에 살다가 사랑을 얻기 위해 기꺼이 영혼의 세계로 옮겨간 한 여자를 위한, 토마스의 자발적인 헌신의 결과이기도 했다.

적성과 능력을 무시하고 단순노동으로 생활하는 그의 처지가 특별한 건 아니다. 이민자 세계에는 그와 비슷한 사연은 얼마든지 있다. 살려고, 또는 가족을 지키려고 자기 능력이나 적성과 관계없이 직업을 선택하는 건 드문 일도 낯선 일도 아니다. 자신의 고국에서 오랫동안 해 온 전문적인 일을 새로운 땅에서 인정받지 못해, 원치 않는 육체노동으로 불안정한 삶을 꾸려가는 경우도 허다하다. 사랑을 위해 달려온 경우는 아니라 해도, 미래를 꿈꾸며 삶의 터전을 옮긴 남의 땅에서, 기득권자들이 버린 직종 중에 택하자니 고르고 말 것도 없는 것이다. 그러나 피라미드의 가장 큰 면적을 차지하는 아랫부분이 없으면 흔들릴 수밖에 없는 사회구조를 굳이 강조할 필요가 있을까.

'대열에서 이탈하여 미지의 세계로 나가는 것은 행복하지 못하다는 의미이며 배반일 수 있다'고 작가는 말한다. 나는 작가의 말에 부분적으로만 동의하지만, 만일 작가의 말이 맞는다면 조국이라는 '대열에서 이탈한', 표정을 갖지 못한 이민자를 진정으로 품어줄 곳은 없는 것일까.

밀란 쿤데라는 작중 인물을 통해 육체와 영혼, 가벼움과 무거움의 세계를 오가며 쉼 없이 묻는다. 과연 어떤 것이 진정한 의미의 사랑이며, 진실한 삶이란 어떻게 사는 것인지를. 자신이 던진 질문에 답변하듯, 작가는 사회 구석구석에 숨겨진 채 모습을 드러내지 않는 저속하고 위선적인 것들을 은유와 상징을 통해 여지없이 들춰낸다. 그의 소설이 비극으로 끝난 결말임에도 불구하고 아름답게 느껴지는 이유는, 죽음이라는 궁극에서 진실한 사랑의 빛을 발견할 수 있어서일 것이다.

말끔해진 유리창이 닦기 전보다 훨씬 더 크게 느껴진다. 유리창이 온몸으로 햇볕을 받아들여 제법 따사롭다. 찬바람 부는 '미지의 세계'에서는 미지근한 겨울 볕 한 줌만 있어도 고향을 등진 자들의 시린 손발 정도는 녹일 수 있으리. 나는 누구에게랄 것도 없는 위로를 하고 있다. 사랑과 열정만 잃지 않는다면 괜찮은 삶이라고. 아름다운 삶이란 결국, 사랑 아닐까 하면서.

잃어버린 시간

비가 부슬거리고 내리던 가을 어느 날, 가은이는 내가 좋아할 만한 특별한 곳이 있다며 만나자고 했다. 늘 짧은 일정으로 고국을 다녀오곤 해서 누구든 한 번 만나기도 쉽지 않은데 그녀와는 몇 번씩 만나며 여행도 함께하는 사이였다. 그날도 할 일이 많아 선뜻 결정을 못하다가, 지옥엘 같이 가자고 해도 따라나설 수 있는 친구라는 생각에 가기로 마음먹었다. 가은이는 친정집에 묵고 있는 내가 나오길 기다리며 운전석에 앉아 있었다.

우리가 간 곳은 알전구가 뿜어내는 노란빛으로 존재하는 세상이었다. 60년대 70년대 사회상을 시대별로 재현해 놓은 박물관 같은 그곳은, 문을 열자 기다렸다는 듯이 어둠이 달려들며 시야를 가로막았다. 온갖 소음과 휘황한 색채로 번쩍이는 현대 문명을 등지고, 과거로 돌아앉아 소리 없이 상영되는 흑백 영화를 보는 듯했다.

연탄가게와 막걸리 가게를 지나자 나지막한 돌층계가 이어지고,

층계 끝에 운동장도 없이 바로 교실이 보였다. 교실 뒤편에 진열된 교과서는 누렇게 뜬 얼굴로 세월의 무상함을 호소하고 있어도, 그건 보는 둥 마는 둥 나의 시선은 양은 도시락을 잔뜩 이고 있는 난로로 달려갔다. 저 도시락을 먹고 자란 우리였지. 아침을 먹고 와도 점심시간이 되기도 전에 배가 고프던 청춘이었다. 4교시쯤 되면 발그레 달아오른 난로에서 익다 못해 타는 반찬 냄새가 교실에 진동했고 허기에 귀까지 닫히는지, 나는 선생님 목소리를 종종 놓치곤 했다.

4교시는 공상이 극에 달하던 시간이었다. 나는 수업시간에도 머릿속으로는 그림도 그리고 말도 안 되는 소설도 쓰며 혼자만의 시간을 즐기는 법을 알아냈다. 내 시선을 선생님 눈에 고정시키기만 하면 머리로는 온갖 딴생각을 해도 들킬 염려가 없다는 걸 터득한 거였다. 공상으로 허기를 달래던 4교시 수업은 머리에 들어오지 않고 지나가기 일쑤였는데 그 추억이 지금의 내 정서를 오히려 풍요롭게 한다는 아이러니. 그걸 어떻게 설명할 수 있을까. 시대를 함께한 친구가 곁에 있다는 그 이상의 위로가 있겠냐며 우리는 교실을 나왔다.

계단을 내려와 좁은 골목을 돌아서는데 머리 위로 큼직한 극장 간판이 나타났다. 세상을 축소시켜 놓은 듯 모든 게 작게만 느껴지는 비좁은 골목길에 유독 버젓하게 걸려있는 간판은 기세가 등등해 보였다. 시대를 풍미하던 잘생긴 남자 배우를 사이에 두고 여배우 둘이서 아직도 슬픈 표정을 짓고 있었다. 간판에 쓰인 '**극장'이라는 글씨에 눈길이 오래 머물렀다. 이제는 듣기도 어려운 '극장'이라는 단어가 '다방'이라는 단어만큼이나 멀리 밀려갔다는 생각에, 우리가 머물던 시간을 잃어버린 듯 헛헛했다.

되돌아갈 수 없다는 생각 때문인지 지나간 시간을 그리는 마음이 유난스러웠다. 마른 꽃잎처럼 부피를 지운 시간 속에서 과거를 헤집어 보던 가은이도 묵직한 생각에 잠긴 표정이었다. 그녀의 어린 시절을 잘 알지는 못해도 그때는 지금보다 엇비슷한 삶을 살았기에, 같은 시대를 살았다는 것만으로도 향수를 공유할 수 있을 것 같았다. 가난해도 부자였고 부자도 함께 가난하던 시절이라 할까.

잃어버린 시간을 찾아가고 싶은 욕구가 푸르스트의 경우만은 아닐 것이다. 친정어머니와 한약재를 사러 경동시장에 다녀오는 길에 택시를 타고 동대문을 지날 무렵이었다. 지금은 강남으로 이전한 모교가 있던 동네라는 생각이 스쳤다. 우리가 살던 곳이 여기 어디쯤이라고 무심코 말하는 순간, 엄마의 얼굴이 밝아지고 눈이 빛났다.

그렇게 크고 번듯한 우체국 건물을 못 찾을 리 없을 테고 우체국만 찾으면 경사진 길을 따라 한옥이 올망졸망 줄지어 서 있을 터였다. 기억 속에 숨은 과거를 발견하리라는 기대 때문일까, 심장 울림이 커졌다. 드디어 우체국이 나타났지만, 내가 기억하는 우체국이 아니었다. 그걸 구경하러 이웃 동네 사람들이 모여들 정도로 위

풍당당한 건물이었는데 세월 따라 늙었는지 볼품없이 변해 있었다. 몇 번을 오르락내리락하며 동네를 돌아도 우리 집은 보이지 않았다. 한옥을 허문 자리에 삼 층짜리 다세대 주택이 들어선 것. 오래 간직하던 유물이 사라진 듯 허탈해서, 차라리 찾지 않느니만 못했다. 사랑하고 이별하는 일이 어디 사람 사이에서만일까. 옛사랑도 옛 추억도 만나지 못하고 간직할 때 가치 있는 것처럼 옛집도 확인하는 게 아니었나 보았다.

"그렇겠지, 그때가 벌써 언제냐…."

새색시가 시부모 모시며 신접살림을 시작해 딸 넷을 낳아 키운 집, 돌아가신 아버지와 함께한 엄마의 세월이 차곡차곡 접혀있는 집이었다. 빛바랜 시간 속에 추억이 모여 끓고 있을 옛집을 잃어버린, 아흔을 앞둔 엄마의 눈빛이 조용히 흔들리고 있었다.

나의 빈자리

멈추었던 시간이 풀리고 있었다. 화분 속 화초도 부엌 그릇들도 숨을 쉬기 시작했다. 나를 기다리고 있던 게 식구들만이 아니었구나 하는 자각은 안도감으로 이어졌고, 비로소 내가 있어야 할 곳을 찾고 나의 존재가 의미를 지니는 듯했다.

영어교사 연수를 마치고 돌아온 날이었다. 엄마가 없는 5주라는 기간은 아직 어리던 아들아이에게 물리적인 시간의 공백보다 심리적으로 더 큰 공백을 남겼나 보았다. 아이는 집에 들어서는 나를 바라만 보며 선뜻 달려와 안기지도 못했다. 제 엄마인데, 보자마자 얼싸안고 울어도 시원찮을 마당에 손님 바라보듯 하는 아들의 어색한 표정에 당황한 나는 신발도 못 벗고 서 있었다. 세상이 숨을 멈춘 듯 일체의 소리가 툭 끊긴 그곳에 감돌던 육중한 침묵의 순간은 충격이었다.

연수를 받는 중에도 두고 온 아이 생각에 하루에도 몇 번씩 짐을

쌌다 풀었다 하며 그리움으로 설치던 숱한 밤은, 그러니까 온전히 나 혼자만의 착각이었던가. 정신 못 차릴 정도로 종일 바쁘게 강의실을 맴돌며 들리지도 않는 영어강의에 참석하고 지친 몸으로 돌아오면, 미국 할머니 할아버지와 저녁 식사를 함께해야 했다. 내 식구와 하는 식사라면 고된 하루를 푸는 느긋한 시간이 되겠지만, 남의 나라말로 대화를 나누는 식사 시간은 이름만 다른 영어강의를 한 번 더 듣는 것 같았다. 대화를 놓칠세라 신경을 곤두세우고 먹는 요리는 아무리 맛있어도 살로 가지도 않을 것 같았다.

희한하게도, 숨 쉬는 것도 긴장되는 식사 시간인데 입에 맞는 음식 앞에서는 아들 얼굴이 떠오르고 남편 생각이 났다. 나는 젊은 엄마이면서도 내 아들에게 사랑한다고 소리 내어 말해본 기억이 별로 없었다. 다른 엄마 선생님들은 삼 분도 채 안 되는 전화 통화에서 몇 번씩 사랑한다는 말을 했지만 나는 결국 그 말은 하지 못했다. 그저 맛있는 음식 앞에서 가슴이 알싸해지면서 아이 얼굴이 떠오르고 품에 안았을 때의 감촉이 느껴져서 잠을 설치는 게 고작이었다.

내 나라에, 뭘 해도 편안한 내 집에서, 그토록 보고 싶어 애태우던 내 아이를 만났는데 그 얼음장 같은 서먹함이라니. 휙 둘러본 집안은 예상외로 훤하고 말끔했다. 그동안의 내 빈자리는 보이지 않았다. 나의 부재를 말해주는 게 없다는 건 내가 없어도 집안이 잘 돌아갔고 앞으로도 그러리라는 의미 아닌가. 그게 그렇게 서운

할 수가 없었다. 주부가 없는 집안은 안 봐도 뻔하고, 엄마가 없는 아이가, 아내가 없는 남편이 하루인들 제대로 살 수 있을까 싶어 불안하고 불편하던 시간이 비웃고 달아났다. 나 없이도 잘 견뎌줬으면 하는 마음과는 달리 내 안에 또 다른 내 얼굴이 도사리고 있던 것일까. 발 디딜 때마다 먼지 날리는 집안과 난장판이 돼 있는 부엌, 그리고 남편과 아들의 꾀죄죄하고 까칠한 얼굴을 상상하며 비행기 안에서 즐거운 한숨을 내쉰 건 아니었는지.

그러나 나의 기대와 염려가 적중했다는 게 밝혀지고야 말았다. 엄마가 온다고, 도착하기 바로 전날 남편과 아이가 대청소를 해서 그나마 고양이 세수하듯 눈에 보이는 곳만 훤했던 거였다. 살림하는 주부가 비운 시간은 구석구석에서 검은 정체를 드러냈다. 그 동안 뭘 먹고 살았는지 냉동실에는 내가 떠날 때 만들어 둔 음식 봉투가 자세 하나 흐트러지지 않고 누워있었고 그나마 몇 되지도 않는 화초는 시들대로 시들어 있었다. 내가 비웠던 시간의 부피만큼 쌓여 있는 구석의 먼지와 싱크대 틈새의 찌든 때를 걷어내면서도 힘든 줄 몰랐다. 일에 비례해 나의 존재감도 커지는 느낌이었으니. '이제 알겠지, 내가 없으면 집안 꼴이 어떻게 되는지', 나는 쾌재를 부르며 일을 했다.

태엽을 감아주면 시계가 재깍거리고 움직이기 시작하듯, 내 손길이 닿는 곳마다 멈추었던 시간이 마술처럼 살아났다. 나는 마법의 손을 가진 마술사였다. 주부란 그런 거였다. 온종일 종종거리며 일을 해도 티도 안 나는 집안일, 한시도 쉴 틈 없는 고된 노동이었다. 식구들이 환한 얼굴로 맛있게 먹는 상상을 하면 종일토록 부엌일에 시달려도 즐거웠다. 정갈한 집안에서 남편과 아이가 뒹굴며 논다는 생각에 무릎이 벌겋게 벗겨질 정도로 엎드려 걸레질하면서도 아픈 줄 몰랐다. 골백번 사랑한다고 말하는 것보다 내게는 그런 게 가족이고, 내가 주고 싶은 사랑은 그런 거였다.

그때 나는 정말 나의 빈자리가 커 보일수록 행복했다. 그러나 그게 아닐지도 모른다는 생각이 들었다. 인생의 책장을 반 이상 넘긴 지금, 나는 '나의 빈자리'에 대한 정의를 새롭게 수정하고 있다. 남은 식구들을 진정으로 위한다면, 내가 그들 곁을 떠나도 나의 빈자리가 드러나지 않고 편안하게 살 수 있도록 준비해 주어야 할 것 같아서다.

식구들이 나의 빈자리를 크게 느꼈으면 하던 철부지 주부 시절. 그건 언제까지고 마냥 젊을 줄 알았기에, 그리고 당연히 그들 곁에 머물 줄 알고 무서운 게 없어서 그랬으리라. 돌이켜 보면 지난 시절 속에는 보석 같은 시간도 꽤 들어있다. 달콤쌉쌀한 시간이.

종이책

컴퓨터가 켜지지 않는다. 뭐가 잘못됐을까 생각하기도 전에 겁부터 난다. 아무것도 할 수 없으리라는 막막함이 생각을 가로막는다. 세상을 향한 창이 갑자기 닫혀 빛 한 줄기 들어오지 않는 암흑 속에서 헤매는 기분이다. 컴퓨터 기능을 많이 활용할 줄 몰라서 글을 쓰는 외에는 그저 몇 가지 도구를 사용하고 메일로 소통하는 정도인데도, 늘 다니던 길을 잃어버린 것처럼 난감하다.

노트를 펴고 평소에 메모해 둔 내용을 읽기 시작했다. 나는 글을 쓸 때 처음부터 컴퓨터에 입력하지 않는다. 습관들이기 나름이겠지만 종이에 써야 쓰는 맛이 나고 생각이 잘 풀려간다. 오늘처럼 막막한 날, 컴퓨터가 없어도 하던 일을 계속할 수 있는 건 그 동안 종이 노트에 글을 써둔 덕분이다.

대부분이 컴퓨터로 글을 쓰는 요즈음은, 연필과 펜으로 종이에 초고를 쓰고 지우는 수고를 하지 않아도 된다. 나도 컴퓨터를 이용해 글을 쓰고 있지만 처음과 끝은 종이에 의존한다. 떠오르는 단상을 메모할 때와 글이 완성되었을 무렵 출력하여 퇴고하는 작업은 종이 위에서 이루어진다.

컴퓨터 모니터에는 과정은 사라지고 결과만 남는다. 반면에 종이 글은 시작부터 밟아온 흔적을 훑어보며 다시 생각해볼 기회가 있다. 줄을 그어 지워도 줄 밑에 눌린 문장들은 그대로 살아있다. 종이째 구겨 던져버린 것도 다시 펼쳐보면 구겨진 채로 글자가 숨을 쉬고 있었으므로 소생의 여지는 있는 셈이다.

미처 손이 따라잡지 못할 만큼 생각이 술술 풀리는 경우에는 컴퓨터를 이용하는 게 낫다. 그러나 종이책과 전자책을 읽을 때 느낌이 다르듯이, 손으로 만져가며 종이에 펜으로 쓰는 경우와 가상의 공간에 타이핑하는 경우 촉각이 주는 정서적 차이는 무시하기 어렵다. 글씨를 쓰거나 책장을 넘길 때 종이가 내는 소리와, 손이 닿을 때의 질감이나 냄새를 어떻게 전자 매체가 대신할 수 있겠는가.

전기 없이 읽는 종이책과 종이 없이 읽는 전자책은 마치 유전인자가 다른 형제 같아 보인다. 나무와 종이로 만든 종이책이냐 모니터 안에서 기호와 빛으로 존재하는 전자책이냐에 따라 책을 읽을 때 여러 면에서 차이가 있을 거라는 추측은 어렵지 않다. 읽고자 하는 책을 통해 무엇을 얻을 것인가를 먼저 생각한 후에 어떤 방법으로 읽을지 고민해야 하지 않을까 싶다.

독자의 연령층과 책 내용에 따라 선호도가 다르겠지만, 나는 오래 생각하며 읽어야 하는 경우 특히 문학이나 철학은 종이책으로 읽는다. 같은 책을 읽는 경우에도 환경에 따라 몰입 정도나 상상력의 범위가 다르다. 장소에 따른 소음이나 물건이 산재해 있는 경우는 물론이고 조명도 영향을 미칠 수 있다는 점을 감안하면, 책의 내용에 따라 독서하는 공간을 고려할 필요를 느낀다.

독서는, 작가의 혼이 숨어있는 책을 찾아내어 책 뒤에 숨겨진 영혼과 대화하는 시간이다. 그러므로 단순히 조명 하나에도 상상력이 무한히 펼쳐지고 사고가 확장되며 깊어지기도 하고, 반대로 제한되거나 축소되기도 한다는 논리는 어찌 보면 당연한 일일지 모른다.

손바닥만 한 크기에 몇만 권도 넣을 수 있는 전자책에 비해 종이책은 부피가 커서 보관할 공간이 마땅치 않다는 단점이 있다. 그러나 책장 가득 꽂혀있는 책을 바라보는 기쁨도 적지 않다. 영혼을 흔들던 책, 두고두고 다시 읽고 싶은 책들은 바라보는 것만으로도 뿌듯한 충만함을 느끼지 않는가.

어떤 물건을 소유하고 어떤 취향이 있느냐를 보면 그 사람의 정체성을 파악할 수 있다. 애독하는 책만큼 주인의 정체성을 잘 드러내는 것도 없지 않을까 생각한다. 과시용이 아니라면 실제 어떤 책을 즐겨 읽는지로 책 주인의 사상과 삶의 깊이를 가늠할 수 있다.

책은 언어로 표현한 작가의 철학을 담은 그릇이다. 인간이 살아가는데 먹는 것만큼이나 중요한 것이 삶의 철학이라면, 같은 책을 좋아한다는 의미는 비슷한 인생관과 가치관을 갖는 그 이상일 수 있다. 그런 사람과의 동행이라면 세상을 사는 일이 한결 수월하지 않을까.

　그런 관계 맺음은 종이책 세상에서 가능한 일이다. 전자책으로 인간적인 교류를 꿈꾼다면 그건 환상이 아닐까 싶다. 나날이 새롭고 편리해지는 문명의 혜택에 감사하며 살고는 있으나 때로는 길들여진 편안함보다는 낯설고 불편한 원시 환경이 그립기도 하다. 자연이 키워낸 나무에서 얻은 종이에 글을 쓰고 나무 냄새가 배어 있는 책으로 영혼이 춤추게 하는 꿈은, 머지않아 단어 그대로 꿈이 되지 않을까 싶다.

나

　나는 누구인가. 나는 무엇인가. 이름, 성별, 나이, 과거의 행적, 또는 타자와의 관계를 말하지 않고 나를 설명하는 일은 불가능하다. 숨 쉬고 먹고 생각하고 말하며 끊임없이 움직이는 생명체로 나는 존재한다.

　과학자들은 자아나 영혼 같은 건 없으니 자아가 있다는 환상에서 깨어나는 것이 진정한 깨달음이라고 말한다. 진화생물학자 리처드 도킨스가 그의 저서 〈이기적 유전자〉를 통해 밝힌 내용은 충격적이다. 우리 몸은 유전자들이 생존하는 기계이고, 우리 생각과 감정은 세포 사이를 흐르는 일종의 전기신호에 불과하다고 그는 풀이한다. 사랑도 미움도, 욕망도 집착도 모두가 유전자의 영향이라는 말이 된다. 그렇다면 지금 이 글을 쓰고 있는 나는 무엇인가. 정말 유전자의 무리로 구성된 육체 안에서 생존을 위한 방편으로 복제와 번식을 거듭하는 하나의 생물일 뿐일까.

인간을 다른 동물과 구분 짓게 하는 이성과 감성도 이기적 유전자들이 선택한 생존법의 하나라는 해석이 가능하다. 여기까지 받아들일 수 있다면, 나를 흔들던 감정이나 욕망에서 벗어나 유전자의 행태를 조금은 객관적인 시선으로 바라볼 수도 있을 것 같다. 인간이 그토록 집착하는 부도 명예도 권력도, 온갖 이름의 사랑마저도 생존을 위한 허상이었음을 종교가 아닌 과학으로 알리려는 것일까.

문제는, 유전자끼리 가장 좋은 생존법을 찾아 스스로 움직여서 개체수를 불리고 우성인자를 대물림하는 과정에서 신은 들어설 자리를 잃고 만다는 점이다. 인간을 제외한 다른 동물이나 식물은 신을 들여놓지 않고서도 자연의 질서에 따라 존재한다. 인간은, 스스로 약한 존재라는 걸 인정하고 두려움을 느낄 때 가상의 공간에서 신을 찾는다. 그렇다면 생각도 감정도 영혼도 없는 이기적 유전자로 구성된 인간에게 과연 신의 존재를 받아들일 필요가 있을까, 라는 의문이 생길 수 있다.

한때, 나는 누구인가 나는 무엇인가 하는 질문이 바람처럼 몰아치면 넘어진 채 일어설 수가 없었다. 하루에도 몇 번씩 주저앉던 나를 일으킨 건 역설적이게도 나 자신이었다. 그런 나를 내가 모르겠다는 게 문제였다. 철학을 닮은 어떤 종교에서는 내 안에 답이 있다고 말했고, 다른 종교에서는 모르고 살라고, 그저 믿음만 있으면 된다고도 했다.

나는 휘청거리고 주저앉을 때마다 기대고 일어설 초월적인 존재를 갈구해왔고 아마 앞으로도 그럴 것이다. 흔들리기 쉬운 영혼을 지탱하기 위해서라도, 많은 과학자의 명징한 논리적 결과보다는 안갯속 같은 종교에 기대는 쪽으로 마음을 기울이며 살게 될 것이다.

인간은 유전자에 의해 이기적으로 살 수밖에 없는 존재인가. 아니다. 우리 모두가 이타심을 배우고 가르쳐야 하는데, 그것은 인간이 이기적인 유전자를 갖고 태어난 생명이므로 생물학적 본성으로는 이타주의를 기대할 수 없어서라고 한다. 도킨스의 설명이다. 진정한 이기심은 이타심과 맥을 같이 한다. 타자와 우호적인 관계를 맺을 때 적대적인 경우보다 생존확률이 높기 때문에 종(種)의 존속에 유리하기 때문이다. 그의 논리에는 재미있는 내용이 많다. 친할머니보다 외할머니가 손주를 더 사랑하는 이유라든가, 일부일처제가 현대 사회에 자리잡기까지에 관한 숨은 설명을 듣다 보면 웃음이 나오다가도 수긍이 가기도 한다.

언젠가 미국 어느 대학의 과학자들이 신문기사를 통해 외할머니가 친할머니보다 손주를 더 안전하게 돌본다는 연구결과를 발표하여 세간의 이목을 끈 적이 있다. 가설을 세울 때 이미 결론을 염두에 두고 연구한다는 점을 고려하면 완벽하게 객관적인 결과인지는 모르겠지만, 도킨스의 주장을 뒷받침하기에는 충분한 것 같다.

태어나 지금까지, 내가 있다는 당연한 가정 아래 가꾸고 키워온

'나'라는 자아를 부정한 상태에서 과연 살아가는 의미란 무엇인가. 내가 있기에, 나를 위해 모든 것이 가능하지 않았을까. 배려와 양보와 소통법을 가르쳐 타인과 어울리게 하고, 사회 안의 개체로 살아남기 위한 상생법을 받아들인, 이 모든 게 나를 위해서라는 암시 아래 이루어지지 않았는지 묻게 된다.

그러나 그간 나의 삶을 되돌아보면 진정한 나 자신을 위한 삶이었다기보다는 많은 부분이 사회적인 잣대와 타인의 시선을 의식한 삶이었음을 부인하기 어렵다. 그동안 내가 한 말이 실제로 내 안에서 울리는 소리였던가. 이런저런 이유로 '그래야만 할 것 같아서', 때로 진심과 다른 목소리를 내지는 않았던가.

내가 누구냐는 질문에 답하기 어려운 이유는 내 안에 있는 나를 찾지 못해서일 수 있다. 또는 내가 알고 있는 것보다 더 많은 '자아'가 들어있기 때문일 수도 있다. 실제로 내 안에, 내가 아닌 무수한 타자들이 자리 잡고 있는 듯 느끼기도 한다. '나'라는 존재는 환경에 따라 수시로 모습을 바꾸기도 하고, 저항하면서도 자신도 모르게 낯선 환경에 길들여지기도 한다. 그러니 어디서 나를 찾아야 하는가. 어떤 게 진정한 나인가.

내 마음의 참빗

불평등한 사랑

저건 사랑이 아닐까 싶은 행동을, 놀랍게도 사람이 아닌 동물 세계에서도 발견한다. 동물의 생태계를 다룬 프로그램에서 흔히 목격하듯, 생존을 위한 싸움이나 번식에 대한 욕구는 노골적이고도 직접적이다. 자칭 만물의 영장이라는 동물도 도덕적으로 치장하여 쉽게 드러나지 않을 뿐 동물적인 욕구는 비슷하지 않을지. 새나 동물이 자기 새끼에게 베푸는 행위를 단순한 번식 본능으로 분류하기에는 왠지 그 너머의, 일종의 모성애나 부성애가 느껴지는 경우를 본다.

다큐멘터리 펭귄 영화를 보았다. 알을 품은 암컷 수천 마리가 얼음 위에 구름처럼 모여 있는 광경은 장관이었다. 먹이를 사냥하러 바다로 나갔던 수컷들이 속속 돌아오고 있었다. 어떻게 자기 짝을 구별할까. 수컷들은 너나 할 것 없이 목을 길게 빼고 특유의 울음소리를 내며 짝을 찾아다녔고 암컷들 역시 저마다 목청껏 소리를 높였다.

펭귄은 남극의 드센 바람을 피하려고 빽빽하게 모여 있어 마치 흐드러지게 핀 배꽃을 멀리서 바라볼 때처럼 개개의 모습은 구별하기 어렵고 하얗고 검은 점의 군집으로 보였다. 그런데 신기하게도 수컷들이 제 짝을 찾아내어 암컷 입에 먹이를 넣어주는 극적인 장면이 연속하여 카메라에 잡혔다. 수천 마리 펭귄 중에서 어떻게 자기 짝을 찾는지. 무엇의 힘일까 생각하는데 불현듯, 수백 명 학생 사이에서 마치 무언가에 끌린 듯 아들을 찾아낸 생각이 났다.

대학 졸업식 날, 식장은 온통 가운을 입은 졸업생으로 붐볐고 멀리서 보니 그 얼굴이 그 얼굴 같아 보였다. 그 번잡한 움직임 속에서 나는 아들을 어떻게 찾을지 막막했다. 옷 색깔이라도 다르면 모를까 똑같은 검정 가운을 입고 있으니 남녀 구분조차 하기 어려웠다. 그런데 멀찌감치 떨어진 아래층 벽 쪽에서 뭔지 모르게 시선을 강렬하게 끌어당기는 느낌이 들어 혹시나 하는 마음에 내려다보니 내 아들이었다.

우연일 수 있고, 틀림없이 우연이리라. 그럼에도 일종의 기(氣)의 영향력을 생각지 않을 수 없었다. 형용하기 어려운 기운이 아들과 나 사이에 형성되었던 것이라고 여겨졌다. 어느 정도 과학적인 근거가 있는지 몰라도 보이지 않는 힘을 경험하는 경우를 종종 듣는다. 어떤 이들은 월드컵 축구 경기에서 우리가 4강에 오른 것이 온 국민이 한마음이 되어 뿜어낸 기의 힘도 일부분 작용한 게 아닐까 추측하기도 한다.

파울로 코엘료의 〈연금술사〉에 "무언가를 온 마음을 다해 간절히 원하면 소망이 실현되도록 온 우주가 도와준다"는 말이 있다. 우리 속담 '지붕 위 호박도 사흘만 노려보면 떨어진다'는 말과 같은 맥락이 아닐까 싶다. 이러한 기(氣)의 영향력을 암시하는 말을 들을 때면, 간절함과 열정이 한 곳에 응집되면 없던 힘도 발휘할 수 있다는 의미로 여겨진다.

동물은 동물만의 식별력이 있을 터. 울음소리나 냄새로, 혹은 몸동작으로 분별하는 그들만의 질서가 있을 것이다. 그러나 수천수만 마리 펭귄 사이에서 가능한, 새끼를 살리겠다는 강렬한 발원(發願)에 의한 끌림이라면 그것을 사랑의 힘이라 부를 수도 있지 않을까. 똑같은 동물로서의 본능을, 인간은 사랑이라는 이름으로 에둘러 표현하여 결혼이라 부르는 제도권 아래 둔 것 아닌지.

정신분석학자 에리히 프롬은 사랑을 몇 가지 유형으로 나누어 설명했는데, 나는 그가 분류한 사랑 중에서 가장 '불평등'하고 이타적인 사랑에 주목했다. 그것은 형제애나 우애처럼 서로 주고받는 상대적인 평등한 사랑이 아니라, 모성애처럼 무조건적으로 주는 사랑을 말한다. 그런 사랑이라면 다른 어떤 관계에서보다 본능적 끌림이나 기(氣)가 강하게 작용하리라는 추론이 어렵지 않다. 그런데 사람이 아닌 펭귄이 그 영향권 아래 있을지 그건 모를 일이다.

외모나 환경처럼 어떤 한 사람을 둘러싼 조건이 없어도, 인간 그 자체를 사랑할 수 있다면 성숙한 사랑이라 불러도 좋으리라. 인간이든 동물이든 아름다울 수 있는 것은 조건 없는 이타적인 사랑, '불평등한' 사랑의 힘이 아닐까 싶다. 그러나 성숙한 사랑은 본능적으로 저절로 이루어지는 것이 아니다. 중요한 것은 사랑에도 기술과 훈련이 필요하며, 관심 갖고 귀 기울이는 끊임없는 노력이 전제되어야 한다는 점이다.

내 마음의 참빗

가늘게 내리던 비가 제법 소리를 내며 쏟아졌다. 나는 시골 어느 빗 가게에서 참빗과 얼레빗을 번갈아 쥐어보며 어떤 게 좋을지 망설이고 있었다. 빗은 엉클어진 머리카락을 가지런히 정돈한다는 것 외에도 기(氣)와 혈(血)의 순환을 돕는 기능이 있다고 했다. 나무로 만든 빗은 문양이 조금 특이하다는 것 말고는 별난 것도 없어 보이고 딱히 실용적이라 할 수도 없었다. 그렇다고 나에게 빗에 대한 대단한 추억이 있는 것 같지도 않았다. 그런데도 내 기억은 망각의 구역 어딘가에 아련한 이미지로 남은 뭉근한 통증 같은 것이 있다고 암시했다. 분명치는 않아도 알알한 그리움으로 존재하는 무엇인가가 있다고.

집에 돌아와 몇 달이 지나 참빗을 만지작거리다가 그리움의 주인공이 외할머니라는 걸 알았다. 고등학교 다닐 때였으니 기억 속의 외할머니를 만나려면 거의 반 세기 전으로 돌아가야 한다.

우리 집에서 열 발짝쯤 떨어진 작은 한옥. 딸네 곁에 계시라고
마련해드린 외할머니 집이었다. 건넌방은 세를 주어 할머니 방이
라곤 안방밖에 없었는데 그 방은 작은 창문 하나뿐이라 늘 어두웠
다. 누구라도 조붓하게 앉을 수밖에 없는 좁은 공간이라는 이유로
더 정이 들었는지, 그곳으로 이사하신 후로 나는 할머니와 부쩍 가
까워졌다. 우리는 일인용 앉은뱅이 밥상에서 이마가 닿을 듯 마주
앉아 밥을 먹었다. 숨결이 느껴지는 거리에서 서로 눈을 바라보고,
앉고 설 때마다 체온을 품은 바람이 폴싹거리던 작은 방. 그 방에
홀로 오도카니 앉아 어쩌다 잠깐씩 들러 말벗이 되어주는 외손녀
를 기다리는 일, 기다림은 할머니의 일상이었다.

그날 내가 방에 들어섰을 때, 할머니는 머리를 빗는 중이었다.
하얗게 센 긴 머리카락을 천천히, 정말 천천히 빗어 내리고 있었다.
쪽찐 머리를 풀어 가슴께까지 내려뜨린 할머니는 단아하면서도 엄
숙했고, 낯설었다. 숱이 적어서 빗질 두어 번이면 충분할 텐데도
하염없이 되풀이되는 그 긴 시간을 무료하게 견디며, 내 눈길은 할
머니의 손길을 따라 오르내렸다. 할머니의 망연한 그 눈빛만 아니
었어도, 무슨 성스러운 의례나 목격한 것처럼 진득하니 앉아 있지
는 못했을 텐데. 나는 말 한마디 못 붙이고 기다렸다.

구불거리는 할머니의 마음속 깊은 미로를 고등학생인 내가 아무
려면 짐작인들 할 수 있었을까. 생의 어떤 다리를 건너왔든, 여든
이 넘은 나이에 이르기까지 과거에서 현재로 이어지는 시공을 더

듬는 손길이 가벼울 수만은 없었으리. 더딘 빗질로 시간의 무게를 훑어 내리던 두 손이 어느 순간 머리 뒤로 사뿐 올라갔다. 숱이 없어 가늘어진 머리꼬리를 단도리하여 돌돌 말아서 쪽을 찌고 비녀를 꽂는 일로 할머니의 의례는 마무리되었다.

그날 내 기억의 공간을 채우고 있는 배경은 발밑으로 고여 드는 어둠과 가늘게 떠돌던 빛 몇 가닥이 전부이다. 숨소리조차 크게 울리는 고요에 야릇한 신비감이 보태졌는지도 모르겠다. 지루한 꿈에서 깨어난 것처럼 몽롱해진 내 눈과 마주치자 부끄러운 듯 합죽한 웃음으로 답하던 할머니. 그 웃음이 정갈한 머릿결만큼이나 고왔고, 나는 이유도 모르는 채 마음이 아렸다. 할머니는 어쩌면 누구도 대신할 수 없는 외로움을 시간이라는 이름의 참빗으로 빗어 내렸는지도 모른다. 그렇게 짐작한 건, 할머니 돌아가신 후 세월을 한참 보내고 나서였다.

밀려드는 외할머니에 대한 상념을 떨쳐내고 참빗으로 머리를 빗어본다. 머리 모양새가 우습다. 머리카락이 납작해져서 찌그러진 두상이 그대로 드러난다. 흐트러짐 없이 말끔히 정돈된 머리 모양을 보자 왠지 엉클어진 마음도 산란하던 정신도 차분해지는 것 같다. 가지런한 머릿결을 닮은 마음결. 잡스러운 생각이 촘촘한 빗살에 빗겨 내려가는 것일까.

참빗은 화려한 기능성 빗과는 달리 아주 더디게 손에 익으면서 길이 들었고, 그래서인지 시간이 갈수록 오래된 신발처럼 편안하다. 생김새로 보나 쓰임새로 보나, 낯선 것 같으면서도 익숙하고 투박해 보이면서도 투박하지 않아 곁에 오래 두고 싶다. 찬찬히 시간 들여 머리를 빗다 보면 차 한잔 마신 것만큼이나 평온해진다. 막연한 기억을 믿고 사 왔는데 사 오길 잘한 것 같다.

두 할머니

따끈한 국물을 부었다 따랐다 하며 토렴하는 할머니. 드나드는 손님으로 북적거리는 바쁜 점심시간이니 그저 국물 한 국자 부어서 말아주어도 괜찮으련마는. 가게 안에 서린 뽀얀 김이 마치 국밥 한 그릇 한 그릇에서 나오는 할머니의 정성 같아 보였다.

우리는 자리에 앉기가 무섭게 메뉴판도 펼치지 않고 콩나물 국밥을 주문했다. 후루룩 소리를 내며 먹던 남편이 김 서린 안경 너머로 나를 바라보더니 보일 듯 말 듯 싱긋, 한다. 만족스럽다는 걸 표현하는 그 사람 방식이다. 토렴을 한 국밥은 따듯함이 오래 가기도 하지만 국물 맛이 밥알에 배어 깊은 맛을 내주기도 한다.

주방 쪽으로 시선을 돌리자 할머니는 무심한 얼굴로 여전히 토렴을 하고 있다. 걸어온 길이 녹록치 않았음을 말해주는 골 깊은 주름을 타고 수증기가 번지며 할머니 표정에 안개 같은 신비감을 더해준다. 꾹 다문 입술 사이로 투박한 미소가 얼핏 보인 것도 같고 일체의 생각을 벗어버린 얼굴 같기도 하다. 국밥집 할머니 얼굴 너머로 또 한 할머니의 얼굴이 고개를 내밀고 올라온다.

내 아이가 두 살 되었을 무렵부터 아이를 돌봐주던 할머니가 있었다. 경상도 사투리를 쓰던 그분은 키가 나보다 한 뼘은 더 크고 떡 벌어진 어깨에 골격도 컸다. 젊었을 적에 쌀 두 가마니를 겼다는 전설 같은 이야기를 할 때면, 정말 그랬겠구나 하고 믿어지는 체격이었다. 할머니는 체구에 어울리지 않게 마음이 부드럽고 따듯했다. 진정으로 사랑한다는 게 어떤 것인지 입술이 아닌 몸으로 보여주던 분. 종일 학생을 가르치고 집에 돌아온 나는 학교도 다니지 못한 할머니에게 배울 것이 많았다.

우리 바로 앞집에 살던 친정아버지가 오래된 위궤양으로 고생하실 때였다. 한여름에 고향에 다녀오마고 떠난 할머니가 사나흘 만에 돌아왔다. 할머니 머리에는 커다란 플라스틱 통이 얹혀있었고 얼굴은 온통 땀 범벅이었다. 대체 뭐길래 저 큰 통을 이고 왔을까 하며 통 안을 들여다보던 우리는 울컥하여, 숨을 삼킨 채 아무도 입을 열지 못했다. 위장병을 고친다고 알려진 할머니 고향 산골 약수가 가득 담겨 출렁이는 게 아닌가. 대구에서부터 머리에 이고 온 게 아버지 병을 고치려는 약수였다니.

엄마가 침묵을 깨며 그걸 여기까지 어떻게 들고 왔느냐고 울먹이는 목소리로 겨우 물었다. 소싯적에는 쌀가마도 번쩍번쩍 들었는데 나이 먹으니 좀 힘들더라며 멋쩍게 웃던 할머니 웃음이 부처님 미소가 아니고 무엇일까. 할머니는 우리 식구와 피붙이 이상의 정을 나누며 오래 함께 생활했다. 내 아이가 남을 배려하는 마음을 지녔다면 그건 경상도 할머니 영향을 받아서 그럴 것이다.

점심 손님이 빠져나간 식당이 횅하게 느껴진다. 김이 서려 뿌옇던 실내가 맑아져서 할머니 얼굴이 멀찌감치에서도 선연하게 보인다. 투박하다고 여기던 표정이 수증기를 걷어내고 보니 푸근함으로 바뀌어 있다. 할머니의 정성을 담은 따끈한 국밥은 손님의 지친 몸을 달래고 고단한 삶을 위로해줄 터. 주방에서는 저녁 손님 맞을 준비가 한창이다. 김치와 밑반찬이 담긴 통을 일일이 열어보며 챙기는 모습이 자식을 위해 부엌에서 밥상을 준비하는 어머니를 닮았다.

나는 다시 경상도 할머니 생각에 잠긴다. 부침개를 좋아하던 분이었다. 퇴근하여 돌아오면 무언가를 부쳐놓은 접시가 으레 식탁에 놓여있었다. 먹다 남은 음식은 모두 부침개 감이었고 하다못해 푸성귀 하나만 있어도 부침개가 되었다. 할머니의 부침개는 단순한 먹을거리가 아니라 아이가 유치원에서 돌아올 때까지 빈 집에서 무료한 시간을 함께 보낸 친구이며 기진하여 퇴근한 내게 뭐라도 먹이려는 사랑이었다.

부침개만 먹으면 목이 멘다며 멸치 네댓 마리로 어느 틈에 국물을 내고 국수를 말아 김치 몇 조각 얹어주던 할머니. 그분도 국수를 말 때 토렴을 하곤 했다. 그냥 달라고 해도 그래야 따뜻하게 먹는다며 몇 번씩 국물을 바꾸던 할머니의 큼지막한 손이 그립다. 나는 국밥 그릇을 벌써 비우고도 식당 할머니에게서 눈길을 떼지 못하고 앉아 있다.

잿빛 은유

유리창 밖에 내가 서 있다. 투명한 유리 하나가 아버지와 내가 속한 세상을 둘로 갈라놓는다. 영혼이 빠져나간 아버지 몸을 담은 관이 소각로에 들어가면, 내가 서 있는 세상과는 어떤 형태로든 다시 이어질 수 없는, 이별만 남는다. 우리는 이렇게 헤어지는가. 이제 정말 더는 볼 수 없는가.

덜컹, 하더니 유리창 안쪽의 작은 철문이 열리고 관이 불가마 속으로 빨려들 듯 사라진다. 숨죽인 오열도 깊은 한숨도 가슴에 묻은 채 허공에 시선을 둔 우리는 서로 얼굴을 마주보지도 못한다. 아버지가 남기고 간 다섯 여자, 엄마와 딸 넷. 지금 우리는 모두 자신의 감정만으로도 버겁다. 무거운 고요 속에 누구도 크게 숨을 쉬지 못한다. 유리창 저편 소각로는 닫힌 채 모든 소리를 삼켜버렸고, 이쪽 공간은 열려있어도 아무 소리가 없다.

단단하게 굳어있던 정적을 뚫고 멈추었던 시간이 풀리며 부스럭거린다. 아니, 시간이 풀리는 소리가 아니다. 몇 줌 재로 변해서 나온 아버지를 본 엄마가 제일 먼저 휘청거렸고 엄마를 위로하던 딸들이 차례로 무너지는 소리다.

작업이 끝났는지 마스크를 쓴 화부가 하는 말이 유리창 너머 스피커로 들린다. 확인하라고. 팔십 평생 지녔던 모든 게 낱낱이 스러지고 잿빛 기억마저 희미한데 어디서 무얼 확인하라는 걸까. 회백색 가루에 섞인 작은 금 조각이 눈에 들어온다. 아버지에게 금니가 있었던가. 딸이 기억하지 못하는 금니라니. 아무리 애를 써도 아버지 얼굴조차 생각나지 않는다. 재 속에 식지 못한 과거가 아직도 따뜻한데, 나는 아버지 얼굴을 기억하지 못한다. 그분의 몸을 그토록 처참하게 망가뜨린, 병상에서의 마지막 몇 달을 내 마음에서 온전히 지워버렸기 때문일까. 지워버린 죗값을 이렇게 받는 것일까.

그해 11월이 갖고 온 잿빛 시간은 말기 암이라는 불길한 소식을 알리며 식구들 가슴에 눌러앉았다. 아버지 곁으로 달려가 간호하던 시간, 쓰러질 듯 지친 나를 구석으로 몰아세운 건 체중이라는 괴물이었다. 몸무게에 유난히 민감할 수밖에 없는 잔혹한 시간이 찾아온 거였다. 간호사는 무얼 하고 보호자에게 체중을 재라고 했을까. 왜 하필이면 내가 체중 재는 일을 맡았을까. 하루가 멀다고 줄어드는 몸무게를 재는 순간이면, 내 눈에 가득한 죽음에의 두려움을 들킬 것 같아 아버지 얼굴을 바로 볼 수가 없는 게 제일 힘들었다.

어제랑 똑같네, 나는 천연덕스럽게 거짓말을 했다. 눈빛을 보며 말해야 진실이라 여기던 시간을 나는 그렇게 외면하면서 아무렇지도 않은 척했다. 수없이 체념한 끝에 체중에 담담해질 무렵, 그러니까 이승을 떠나시기 얼마 전의 아버지 얼굴은 무게와 부피가 모두 없어지고 뼈만 남은 듯한 섬뜩한 모습이었다. 그래서 나는 의식적으로 예전의 모습을, 병마가 침범하기 전의 건강한 모습만을 기억하고 싶었는지 모른다.

화장터에서 우리 사이에 있던 유리창이 꿈속에서는 정말 세상을 가르는 벽이 되어 나타난다. 이쪽에서 아무리 큰 소리를 내어 말을 해도 소리는 들리지 않고 몸짓만 보이는 무성영화처럼, 아버지는 모습만 보이다 사라질 때가 있다. 꿈은 압축된 무의식의 상징이고 시제를 초월한 우리 삶을 표현하는 고도의 은유인 것 같다. 압축을 풀고 은유를 읽어낼 해몽의 힘을 빌리지 않으면 무슨 꿈인지 알아차릴 재간이 없다.

아버지 꿈을 참으로 많이 꾸었다. 꿈에서 아버지를 만난 날이면 친정어머니와 전화 통화를 하는 게 습관처럼 되었다. 아버지를 공유하고 싶다는 바람 때문인지, 엄마는 마치 내가 정말로 아버지와 만나고 온 것처럼 반가워도 하고 걱정도 하며 귀를 세웠다. 비록 아쉬움과 그리움이 한숨 되어 나온다 해도, 꿈에서 본 아버지 이야기는 오랫동안 엄마와 나 사이를 공기처럼 흐르며 캐나다와 한국이라는 물리적 거리감을 잊게 해주었다.

아버지와 이별하고 많은 시간이 흘렀다. 그런데도 가끔 나는 지팡이를 잃은 노인처럼 당황하며 방황하곤 한다. 엉킨 삶의 매듭을 같이 풀어야 할 분이, 어딘가에 남아있어야 할 그분이, 더는 느껴지지 않을 때가 있어서이다.

한 생명이 자리에 누운 후 소각로에서 가루로 남기까지의 두어 달은 아버지의 시간도 내 시간도 온전할 수 없었다. 11월이 오면 안갯속을 걷는 듯 답답하다. 더는 나쁠 수 없는 소식들이 차례로 달려들어 흔들릴 겨를조차 없이 쓰러져 견디던, 이듬해 3월 초까지 그 잿빛 시간. 고인이 된 사람과 함께하던 시간의 역사는, 누군가와 이야기할 수 있을 때 위로가 된다. 지우고 싶으면서도 되살리고 싶은 모순 속 기억의 조각들은, 남은 자들에게 그런 의미에서 참으로 소중하다.

사라진 종소리

중학교 수학여행을 경주로 왔었다. 그 후에도 몇 번 들렀으니 오늘까지 모두 네 번 에밀레종이라는 이름으로 더 유명한 봉덕사 종 앞에 선 셈이다. 별러서 찾아왔는데 봉덕사 종이 더는 울리지 않는다고 했다. 그 사이에 세월이 많이 흘러 종도 늙었는지 제 목소리로 울지 못해 이제는 녹음된 종소리를 20분 간격으로 들려주고 있었다. 소중한 무엇인가가 빠져나간 듯 허탈했다. 직접 들을 때와는 달라도 많이 다르게 느껴졌다. 같은 공간에서 연주자와 공기의 흐름을 주고받으며 음악을 듣고 싶은데 녹음된 음악을 듣는 듯한 기분, 작품의 아우라를 경험하고 싶어 찾아간 화랑에서 복사된 미술품을 보는 느낌이라고 할까.

수학여행 와서 에밀레종에 얽힌 이야기를 듣고 종이 울리는 소리를 처음 들었을 때의 기억이 밀려왔다. 저 종소리를 만들려고 시주받은 아기를 끓는 쇳물에 넣었다지. 설명 없이 종소리를 먼저 들

었더라면 감동을 받았을지도 모른다. 그러나 열몇 살 소녀의 귀에
는 제 어미를 찾는 아기의 구슬픈 울음소리가 너무 강해서 봉덕사
종소리의 음색이 스며들 여지가 없었다. 그날 옆자리에 누운 친구
가 이불속에서 속삭였다. 지금도 아기 울음소리가 들리는 것 같지
않니? 에밀레~, 에밀레~. 나는 그 친구를 등지고 돌아누워 이불
을 머리끝까지 덮어썼지만 이명처럼 울리는 상상의 소리로 새벽까
지 잠을 이루지 못했다.

그 후 수학여행 인솔교사로 종소리를 들을 수 있었다. 그러나 그
때는 학생들 지도가 우선이어서 소리를 느낄 여유가 없었다. 가슴
으로 듣지 않으니 아무리 아름다운 소리도 깊은 울림 없이 그저 스
치고 지나갔다. 그렇게 나는 에밀레 종소리를 진정으로 들을 기회
를 또 놓치고 말았다.

아들아이가 초등학교 오 학년 때 역사교육을 한다며 경주를 방
문했다. 다시 에밀레 종 앞에 섰다. 종이 울릴 때마다 종 가장자리
에 아지랑이처럼 아른거리는 듯한 공기의 흔들림이 보이는 것 같
았다. 울림이 끊긴 자리에 여전히 뭔가가 '있다'는 느낌을 지우기
어려웠다. 뭘까. 종 속에 갇혀 있던 천 년의 세월이 바람을 타고 휘
돌아 나오는 소리가 이렇지 않을까 싶었다. 그때에야 비로소 나는
종소리를 선입견 없이 마음에 들여놓을 수 있었다. 곁에 남편과 아
들이 있다는 것도 잊고 소리에 홀려 서 있는 동안, 여울지는 종소리
의 깊은 파장이 내 안에 머물며 영혼을 흔들었다. 종의 울림은 아름

다우면서도 아프고 아프면서도 아름다운 경계를 맴도는 소리로 마음속 깊이 새겨졌다.

아이는 천마총에 관심이 많은지 이것저것 묻는 것이 많으면서도 에밀레 종 앞에서는 무덤덤했다. 끝내 나는 아이에게 종소리를 설명하지 못했다. 말로 설명할 수 없는 것이 어찌 그것뿐일까. 언젠가 종소리를 가슴으로 들을 수 있는 날, 그때 종 울림의 깊이를 제 스스로 느끼리라 기대하며 발걸음을 돌리던 기억만 남아있다.

이번에 이순(耳順)의 문턱에서 다시 한 번 종소리를 들은 것인데 녹음된 소리라는 선입견 때문인지 내 정서가 메말라서인지 아름답지도 감동적이지도 않았다. 와 닿지 못한 종소리는 허공을 맴돌다 사라지는, 그저 종에서 나오는 '소리'에 지나지 않았다. 살아있는 종소리를 더는 들을 수 없다는 아쉬움 때문인지, 기억으로 존재하는 시간이 다가오는 듯하더니 잡을 수 없는 구름처럼 흩어져버렸다.

아들과 듣던 종소리는 여전히 형용하기 어려운 아름다운 음색으로 심장과 가장 가까운 곳에 머물고 있었다. 멀리 물러나 시간의 궤적에서 흐릿해진 그때 그 종소리가 바람에 실려오며 울렸다. 마음에 둔 소리 중에 이토록 가볍고도 무거운 울림이 또 있을까. 사라지는 것들에 대한 그리움마저 퇴색하는 삶의 지점을, 나의 시간이 지나고 있다.

지금, 아바나에는

쿠바의 수도, 아바나 뒷골목에 아침이 열리고 있다. 창문도 대문도 활짝 열어젖힌 작은 집들을 기웃거리며 걷는다. 미안하면서도 나는 그렇게밖에 그들의 삶을 엿볼 수가 없다. 슬쩍 들여다본다는 게 그만 집주인 아주머니와 눈이 마주치는 바람에 뜨끔하여 뒷걸음질 치는데 맑게 웃는 안주인의 미소에 마음이 풀려, 짧게 손 인사를 하는 여유마저 누린다. 문간에서 늦잠 자던 강아지는 눈을 감은 채 꼬리를 흔들고, 양지쪽 들풀도 햇볕에 나른하게 늘어져있다.

강렬한 햇볕에 바싹 마른 빨래가 웬만한 바람에도 꼼짝 않고 빨랫줄을 붙들고 있는 모습이 인상적이다. 나는 널어놓은 빨래에서 사람 사는 냄새를 맡곤 한다. 빨래는 햇볕에 널려있는 풍경만으로도 넉넉함을 안겨준다. 사소한 풍경이 때로 잊지 못할 기억으로 남듯이 평화도 행복도 거창한 데 있는 게 아니라 소박하고 평범한 일상에 들어있다.

서민의 삶이 시작되는 뒷골목에는 민족과 시대에 관계없이 어디서나 비슷비슷한 고단한 냄새가 흘러나온다. 페인트칠이 벗겨진 지 오래된 건물들은 관광객 앞에서도 사뭇 당당하다. 좁다란 골목길에 휴지가 함부로 뒹굴고 있어도 역겹다기보다 왠지 자연스러워 보인다. 의료 기술면에서는 선진국을 앞선다는 말을 들어서인지, 길가의 남루해 보이는 병원에서도 웬만한 질병은 잘 고치리라는 믿음이 간다. 고만고만한 생필품 가게들이 60년대 우리네 시골 읍내처럼 줄지어 서 있는 풍경에, 낯선 나라라는 것도 잊고 마음이 열린다.

큰길로 나오니 광장이 보인다. 광장을 돌아 시내를 한 바퀴 둘러보는 길, 시간이 휘두른 파괴력에 여지없이 무너진 건물과 유적을 보니 허무와 공허감이 밀려든다. 스페인은 식민 통치를 하며 그들 문화 곳곳에 유럽 냄새를 심어놓았다. 우리가 일본이 남긴 식민 문화의 잔재를 진저리 치며 뿌리째 뽑아버리려고 애쓴 반면, 그들은 자신의 그림자를 묻고 잠들어있는 옛 것들을 세월에 맡긴 채 풍화시킨다는 느낌이다. 발걸음을 옮길 때마다 잊힌 시대의 흔적 위를 걷는다는 괴이한 기분이 들고, 식민 시대를 살다가 쓸려간 그들 선조의 영혼을 만나는 것 같은 착각이 인다.

그에 비해 체 게바라 같은 쿠바 혁명의 주역들은 사진이나 그림으로 자랑스럽게 곳곳에 붙여 놓아, 가는 곳마다 마주치며 현실감각을 일깨운다. 그는 여전히 멋진 인물이다. 쿠바에 오면서 〈체 게바라 자서전〉을 갖고 왔다. 여기서 읽어야 제맛이 날 것 같아서였는데 그러길 잘한 것 같다. 의사이며 시인이기도 한 그는, 게릴라 작전을 수행하며 하루도 같은 하늘 아래서 잠잘 수 없는 열악한 상황에서도 어느 하루 책을 읽지 않은 날이 없었다고 한다. 발 뻗고 편한 잠을 자면서도 그만큼 읽지 못하는 내게, 달빛에 책을 읽는 인간적인 모습이 쿠바의 상징처럼 각인된다.

중세의 도시같이 넓적한 돌을 박아놓은 광장 한복판에, 생맥줏집이 하얀 햇빛가리개가 달린 테이블을 늘어놓고 있다. 다리도 쉴 겸 한낮의 무더위를 달래줄 시원한 맥주 생각이 간절하나, 한 모금만 마셔도 화끈거리고 달아오르는 체질을 탓하며 발걸음을 돌린다. 세계 어디서나 마주치는 맥도널드나 코카콜라도 이곳에서는 구경하기 어렵다.

거리를 가득 메운 화려한 오픈카가 검은 매연을 뿜는다. 자동차 나이가 대부분 환갑을 넘었다니 그럴 만도 하다. 한국산 차도 심심찮게 눈에 띈다. 이제는 흔히 보는 우리 차인데도 이곳이 사회주의 국가라서 그런지, 아프리카 젊은이들 손에 들린 스마트폰을 보는 것만큼이나 신기하다.

점심을 먹으려고 들어선 시내의 좁은 뒷골목. 줄지어 선 작은 식당 중에 허름하긴 해도 외국인이 앉아있는 곳을 택한다. 바다를 닮은 파란색 벽면이 서늘한 느낌을 불러오고 테이블에는 값싼 비닐 덮개가 깔려있다. 쿠바 전통 음식을 먹어볼까 갈등하다가, 결국 가장 평범한 닭고기와 돼지고기 요리를 주문한다. 배가 고파 모험을 즐길 여유가 없다. 간단한 샐러드를 곁들여 나온 음식은 간이 좀 짜긴 해도 맛은 있다. 국민 평균 소득이 20달러라는 점을 참작하면 음식값이 아무래도 수상쩍다. 관광안내서에 조심하라는 경고가 있지만 내가 사는 나라의 음식 가격을 떠올리자 기분 좋게 속고 싶다. 이중 화폐구조를 가진 쿠바에서 자국민이 사용하는 화폐가 아닌 외국인 화폐를 사용하는 한 모르는 척 넘어가는 것도 나쁘지 않을 것 같다.

어두컴컴한 식당을 나와서, 찌를 듯 덤벼드는 햇살을 피해 그늘로 들어선다. 거리의 악사들이 담벼락에 붙어 앉아 연주하며 행인의 발걸음을 붙든다. 챙 넓은 밀짚모자를 쓰고 기타와 작은 드럼을 연주하는 악사들의, 손톱만 하얗게 드러나는 까만 피부가 강한 햇빛에 반짝거린다. 헤밍웨이와 체 게바라가 즐겨 피웠다는 시가 연기 속에, 마냥 늘어져 있던 도시의 게으른 오후가 경쾌한 리듬에 맞춰 몸을 흔들며 깨어난다. 문학과 혁명이 시가 연기 속에서 싹을 틔우고 결실을 보았을지 모른다는 상상을 하며, 발걸음은 길거리를 서성거린다.

숙소로 돌아오니 기다렸다는 듯이 석양이 옥색 바다에 조용히 내려앉는다. 분홍빛으로 물든 카리브 해의 노을은 방금 다녀온 아바나 시내에서의 현실을 꿈속 풍경으로 바꾸어놓는다. 시간이 거꾸로 흐르다 잠시 멈춘 역사의 한 페이지에서, 떠도는 옛사람의 영혼을 만나고 온 느낌이 이렇지 않을까. 지금도 그곳에는 옛 공기가 시가 연기 속에 흔들리고 있으리라.

영혼 주머니

몸을 달래면 정말 마음도 풀릴까? 나의 의심은 꽤 오랫동안 이어졌다. 정신력으로 육체는 얼마든지 극복할 수 있다고 믿었다. 고등학교 때, 아마 사회시간이었나 보다. 배부른 돼지와 배고픈 소크라테스 중 어느 편이 바람직할까, 하는 선생님 질문에 우리는 어떻게 다른 답이 있을 수 있느냐며 웃어넘겼다. 나이 들어 몸이 조금씩 무너지고 있음을 자각하면서 어찌 껍질이 없는 알맹이가 있을 수 있을까 회의하게 되었고, 그제서야 그 물음에 진지하게 생각하게 되었다.

일에서 놓여나고부터 가끔 여행을 다녔다. 여행지에서 마사지 치료를 반값에 해준다는 말은 은밀한 유혹이어서 곧잘 흔들리곤 했다. 이번 여행에서도 예외는 아니었다. 마사지실은 좁은 휘장 안에 침대 하나, 멀리서 꿈결처럼 들리는 파도소리와 잔잔한 음악 소리, 그게 전부였다. 나를 담당한 마사지사는 순박한 표정으로 정성

껏 시중을 들었다. 까무잡잡한 얼굴에 가지런한 치아가 주는 하얀 미소가 맑았다. 결혼한 이후로 아파 누웠을 때가 아니면 누군가 내 시중을 들어준 적이 있었던가. 따스한 그녀 손길을 따라온 생각이 었다. 한 남자의 아내로 아이의 엄마로 살면서 늘 식구들을 챙기는 일에 익숙해져서 그런지, 내 몸을 시중드는 누군가의 손길이 고마우면서도 남의 옷을 걸쳤을 때처럼 부자연스러웠다.

침대 머리부분에 자그마한 구멍이 부드럽게 뚫려 있어 거기에 얼굴을 들여 밀면 목이 아프지 않으면서도 숨을 편하게 쉴 수 있었다. 엎드려 누워도 숨통을 틔워주는 구멍이었다. 일상에도 이런 작은 구멍 하나만 있으면 쓰러져도 엎어져도 덜 힘들지 않을까. 매일 숨을 쉬고 살면서도 숨 좀 쉬고 살자며 답답해하던 기억이 열린 구멍으로 올라왔다. 늘 어디론가 떠나기를 동경했고 그 꿈이 이루어져 꽤 긴 여행을 마치고 집에 돌아오는 길에서조차, 이제 막 여행을 출발하는 거라면 얼마나 좋을까 하며 여행 끝자락을 아쉬워하곤 했다. 여행은 내게 숨을 쉬게 하는 통풍구였고 나의 삶은 여행을 통해 풍요로울 수 있었다.

누워서 바다냄새를 맡으며 마사지 치료여행을 시작한다. 마사지사의 손가락이 간질이듯 어깨와 목 주위를 돌아다닌다. 뻗대던 근육이 힘을 빼더니 얌전해진다. 들릴 듯 말 듯한 물결 소리에 햇살 출렁거리는 바다가 보이는 듯하다. 물소리를 닮은 조용한 음악이 다가왔다 사라진다. 인도 명상곡이라는데 언제 들어본 적이 있는

지 귀에 익은 화음이다. 누르는 강도가 조금씩 세지더니 마사지사의 팔꿈치가 향유(香油)를 바른 등을 아래위로 오르내리자 침대가 휘청거린다. 굳어있던 근육이 풀어지나 보다. 아프면서도 시원하다. 괜찮으냐고 묻는 말에 나는 아프다는 말을 참는다. 근육이 풀리는 시원함에 중독되어 조금 아픈 것쯤이야 견뎌야 할 것 같아서다. 바깥 바다에서 오는 높은 파도 소리에 맞춰 내가 누운 침대도 간간이 흔들린다. 오래 뭉쳐있던 근육이 단단해서 생각보다 오래 저항하는가. 이젠 정말 아프다. 인상을 쓰면서도 버티던 마지막 방어선이 무너지고 나는 하는 수 없이 항복하고 만다. 누르는 힘이 한결 부드러워진다. 턱의 긴장이 풀리고 근육이 올올이 해체되어 '나'라는 존재마저 사라지는 느낌이다. 삶의 끝에서 기다리는 '평화'란 이런 경지를 닮았을 거라는 상상을 해본다.

어깨와 등이 아파서 병원에 가면 근육이 굳어서 아픈 거라고 했다. 오래 앉아있어서 그렇거나 자세가 바르지 않으면 그럴 수 있다며 의사는 자세 교정과 마사지 치료를 겸하여 권했다. 몸의 근육을 풀어주고 나면 희한하게 정신까지도 이완되는 것 같았다. 질질 끌려가는 것 같던 몸이 마치 중력에서 벗어난 것처럼 가벼워지고, 치료를 마치고 나올 때쯤에는 발걸음이 경중거릴 정도였다.

마음과 몸은 둘이 아니라는 진리를 마사지를 통해 깨닫는다. 마음이 평화로우면 몸도 고분고분하게 말을 잘 듣고, 몸이 말을 안 들으면 정신도 맑지 못하고 의욕도 잃는다. 더는 고등학교 시절처럼 정신을 육체보다 우위에 두지 못하는 나이에 이르렀다. 영혼을 담는 주머니, 육신을 잘 달래며 살아야 정신도 건강할 수 있다는 걸 뒤늦게 체험하며 산다. 〈그리스인 조르바〉를 생각한다. "육신이 만족해야 영혼은 기쁨으로 넘치는 것"이라 했던가.

몽실이

　나는 젊었을 때 직장 다니면서 아이 하나 키우기도 힘에 겨웠다. 강아지 한 마리 있으면 아이의 정서적인 친구가 될 수 있다는 생각을 하면서도 강아지 털이 신경 쓰여 키울 엄두를 내지 못했다. 그 후 오랜 세월 동안 강아지라는 단어는 내 삶의 영역을 벗어나 있었다.

　은퇴한 지금, 반려동물을 데려와 길들이면 식구 하나 는 것만큼 정이 들고 노부부만 남은 휑한 집안에 서로 의지거리가 된다는 것쯤은 나도 알고 있다. 어쩌다 마음이 기운 적도 있지만, 난데없는 그녀의 제안은 나를 송두리째 흔들었다.

　내가 아는 한, 그녀의 강아지 사랑은 유별하고도 깊었다. 나의 어떤 점을 보고 자식만큼이나 애지중지하는 강아지를 주려고 했는지 몰라도, 그래서 나는 더 갈등했다. 강아지 얼굴을 생각하면 당장 데려오고 싶었다.

그러나 강아지를 보낸 순간부터 내게 쏟아질 그들의 시선을 떠올리면 움츠러들었다. 사람은 본능적으로 상대의 기대에 충족하고자 하는 욕망이 있다. 웃음을 기대하는 사람 앞에서 찌푸리기 어렵듯이, 그들의 관심이 부담스러웠다. 무리하지 말고 몸과 마음이 시키는 대로 자연스럽게 살자고 다짐했는데, 강아지와 함께 생활하면 그것도 지키기 어려울 것 같았다.

　아들 며느리 눈치도 보였다. 손자는 봐주지 않으면서 아이 키우는 것만큼이나 손이 가는 강아지를 키운다면 서운해 하지 않을까 싶기도 했다. 오만 가지 생각으로 며칠을 앓은 끝에 결국 물러서고 말았다. 아무리 생각을 거듭해도 강아지를 식구로 맞는 일은 내 깜냥을 넘어서는 일이었다.

　그러나 나는 그런 표면적인 이유 외에, 드러나지 않은 다른 이유로 강아지를 외면하는지도 모른다. 사람과의 이별도 벅찬데 새로운 생명에 정을 붙여 이별을 아파하는 일을 새삼스럽게 만들고 싶지 않다는. 또는 자연스레 다가왔다가 헤어지는 이별도 감당하기 어렵다는 그런 이유로.

　대학 다닐 무렵이었으니 어린 나이도 아니었는데 그 사건은 충격이었다. 현관에 들어서는데 겨우 눈이나 떴을까 싶은 새끼강아지가 마루에서 잠들어 있는 게 보였다. 홀린 듯 쪼그려 앉아 잠든 강아지를 지켜보았다. 우리집안에서 어림도 없던 일이 일어난 거였다.

그렇게 키우자고 성화를 해도 틈을 주지 않던 엄마, 딸 넷 치다꺼리로도 하루해가 언제 저무는지 모른다는 엄마였다. 몸은 약해도 마음까지 말랑말랑한 엄마라고는 생각지 못했는데 그런 엄마가 강아지를 들인 거였다. 엄마의 연한 속살을 들여다본 느낌은 그러나, 반가움이나 기쁨이 아닌 아릿함이었다.

그렇게 몽실이는 우리 집에 왔고 우리 식구가 되었다. 고것은 귀도 세우지 못해 반으로 접히는 잡종, 이른바 똥개였다. 집에 돌아오면 서로 차지하려고 옥신각신했으니 강아지는 한시도 우리 손끝을 벗어날 틈이 없었다. 품에 안았을 때 느껴지는 촉감으로 지은 이름이 몽실이였다. 몽실몽실한 이름은 부를수록 혀에 감기며 식구들 삶에 스며들었다. 이름대로 살게 되리라는 믿음이 강아지에게도 적용되는지 몽실이는 하루가 다르게 튼실하게 커갔다.

개 사료가 따로 있는 줄도 모르고 살던 우리는 새 식구에게 우리 밥과 반찬을 덜어주었다. 마당을 뛰어 놀며 제법 자란 강아지를 더는 집안에 둘 수가 없었다. 마당에 개집이 들어왔고 몽실이는 어엿한 집주인이 되었다. 동생과 같이 한 방을 쓰던 나는 내 방을 갖는 게 꿈이었다. 동생 눈치를 보며 이불 속에서 라디오로 '별이 빛나는 밤에'를 들을 때면 자기 집을 가진 몽실이가 그렇게 부러울 수가 없었다.

대학 졸업 후, 시골 중학교로 발령을 받아 자취 생활을 했다. 내 방이 생긴 거였다. 출근하면 학생들이 있는 교실에서, 퇴근 후엔

내 방에서 풍선 같은 젊은 시간을 보내며 주말에만 집에 들르게 되면서 몽실이와도 거리가 생겼다.

어느 토요일이었다. 대문 근처에만 가도 달려와 반기며 짖던 소리가 들리지 않았다. 집안에 감도는 적막감. 겁이 났다. 내가 들어서는 기척만 있어도 달려 나오던 엄마는 부엌에서 발이 붙은 것처럼 움직일 줄 몰랐고 식구들도 눈을 마주치려 하질 않았다. 내가 객지에서 허공에 떠서 지내는 동안 대체 무슨 일이 있었던 걸까. 아무도 말해주지 않았다. 듣고 싶지도 않았다. 끌려가는 내내 주인의 손길을 바라며 뒤돌아보았을 그 원망 어린 불안한 눈빛을 어찌하면 좋을지. 텅 빈 개집을 보며, 나는 그동안 어디서 무엇을 한 것일까 싶기만 했다.

그녀 집에 갔을 때 우리 몽실이와는 비교도 안 될 만큼 세련되고, 다 자라도록 앙증맞은 강아지 두 마리가 뛰어오르며 나를 반겼다. 나는 습관처럼 강아지 눈을 들여다보다가 어디선가 많이 본 듯 익숙한 젖은 눈과 마주쳤다. 슬픔 가득한 몽실이의 눈. 기억도 가물거릴 정도로 멀리 가 있는 시간인데 젖은 눈망울은 어찌 이리 선명할까. 마음을 접고서도 한동안 하얀 강아지가 눈에 밟혀 입양 제안을 안 들으니 만 못했다.

사람이 슬픔에서 벗어나기 위해서는 애도하는 시간이 필요하다고 한다. 어쩌면 나는 나의 무의식 속에 존재하는 몽실이를 떠나보내지 못했나 보다. 그래서 강아지 이야기만 나오면 합리화하며 물

러설 구실을 만들고 있는지도 모르겠다. 강아지를 내 삶 속에 다시
불러들이기에는 아직, 이른가 보다.

그날의 졸업식

꽃에게 말을 걸다

나는 봄 숲이 좋다. 몸의 건강을 위해서이기도 하지만 외부의 흔들림에서 벗어나 안정을 찾기 위해서도 가끔 숲을 찾는다. 숲은 언제 찾아가도 그 계절의 색깔과 소리와 냄새로 술렁이고 출렁인다. 푸른 나뭇잎이 내는 소리, 강물 소리, 흙냄새, 바람 냄새까지. 때로 나무가 뿜어내는 푸른 기(氣)에 몸이 반응하는 것을 실감하기도 하고, 발끝에 걸리는 이름도 모르는 꽃과의 우연한 만남에 심장이 빨리 뛰기도 한다.

일주일에 두어 번 숲길을 걸으며 그간 추억이 제법 많이 쌓였다. 길 위를 까맣게 덮은 메뚜기 떼가 사방팔방으로 튀는 바람에, 그것들을 피한답시고 깨끼발로 뛰며 메뚜기 동작만큼이나 가쁜 숨을 몰아 쉬던 기억. 비 온 다음 날 풀숲에서 기어 나온 지렁이로 검게 물든 산책길이 꿈틀거려서 다른 길로 걷던 기억도 있다.

내게 가장 정겨운 존재는 들꽃이다. 꽃을 피우는 일이 과학적으로는 나비와 벌을 불러들여 번식하려는 목적일지 몰라도 내 마음에는 아무런 욕심 없이 그저 제 흥에 겨워 꽃잎을 펼쳤다 오므렸다 하는 것으로 보여 정이 간다. 꽃을 보기 위해서라면 굳이 먼 길을 나서지 않아도 된다. 버젓한 화단이 아니더라도 집 근처 길섶에서, 아스팔트 바닥의 갈라진 틈새에서, 놀이터 구석진 모래밭에서도 목을 길게 내밀고 올라오는 꽃대를 만나지 않는가.

들꽃 중에는 유난히 작은 것들이 많아서 유심히 살피지 않으면 지나치기 쉽다. 어쩌면 나를 만나려고 그곳에서 기다렸을 꽃은 관심의 눈으로 다가서지 않으면 아무리 오래 지나다녀도 거기 있었는지조차 모른다. 늘 그곳에 있었을 꽃이 새삼스레 눈에 띄는 날이 있다. 그간의 무심함을 탓하며 쪼그리고 앉아 마음을 기울이면 꽃 속에서 들려오는 아주 작은 수런거림을 듣는 듯한 기분 좋은 착각에 빠진다.

때로는 '나를 닮은 꽃'이나 '내가 닮고 싶은 꽃'을 발견하기도 한다. 산책하다가 등 뒤에서 남편이, 나를 닮은 꽃이 있다며 부르는 소리에 걸음을 멈춘 적이 있다. 나를 닮다니, 어떤 꽃일까? 빈약한 상상력이 갑자기 풍선처럼 부풀어 올랐다. 그는 무리에서 떨어져 홀로 피어있는 이름도 모르는 작은 들꽃을 가리켰다. 가까이 가보니 손톱만 한 노란 꽃 한 송이가 가늘고 긴 줄기에 오도카니 얹혀 있었다. 고독해 보였다. 뭐가 나랑 닮았다는 걸까? 싱겁기는, 하고 돌아서는데 마치 꽃이 사람처럼 말을 걸어오는 것 같았다. '산속 바위에 핀 꽃은 내 눈이 그것에 닿지 않는 한 피어있는 것이 아니라는 어떤 시인의 시구처럼 우리의 눈길이 닿았으니 그걸로 존재의 의미를 찾을 수 있으려나. 그때 나는 애써 그 꽃이 지닌 고독을 외면하려 했는데 내가 왜 그랬는지 모르겠다. 정말 나를 닮았다고 느껴서 그랬을까.

식물의 언어를 알아듣지는 못해도 숲을 거닐면서 어떨 때는 식물이 툭 치는 듯한 느낌을 받을 때가 있다. 내 집에서 키우는 화초와는 서로 익숙해져서인지 외부의 식물보다는 마음이 더 통하는 것 같다. 언젠가 몇 년을 내리 꽃을 피우지 못하고 이파리만 내놓는 식물이 오랫동안 구석빼기를 차지하고 있기에 가운데로 옮겨놓으며, "이제 꽃도 좀 보여줄 때가 되지 않았어?" 하고 볼 때마다 말을 건넸다. 무심코 던진 말귀를 알아듣기나 한 것처럼 며칠 후에 정말 꽃봉오리를 맺더니 하얀 꽃을 피워 올렸다. 기쁘면서도 놀랍고 조금은 두렵기까지 했다. 그걸 그저 우연의 일치라며 가볍게 지나칠 수 있을까 싶어서, 그리고 우리 식구들이 평소에 조심성 없이 나눈 말까지 모두 듣고 있던 건 아닐까 싶어서.

생명 받은 것끼리 서로 부대끼고 맞춰가며 살아가는 근본적인 터는 자연이다. 불안하고 불확실한 생활에서 잠시 물러나 자연의 품에 안겨 작은 생명에 관심 주다 보면 마음도 평온해진다. 몸이 다가가도 가슴을 열기 전에는 진정한 만남이라 하기 어렵듯 자연도 마찬가지일 것이다. 보잘것없어 보이는 들꽃이 꼿꼿하게 서 있는 당당함에서 위로 받고, 다 늙은 나무가 위태롭게 연명하는 모습에서 인간의 죽음을 보기도 한다.

육신의 건강을 위해 걷는 자체에만 몰두하거나 급하게 걷다 보면 영혼에 소중한 것들은 놓치기 쉽다. 자연의 품 안에서 뭇 생명이 개성을 잃지 않으면서도 서로 어울리는 것을 보면 사람 사는 모습이 시답잖게 느껴질 때가 있다. 삶이 실망스럽거나 삭막하다고 느끼면 숲을 찾아가 내 영혼의 속도로 걷으며 마음을 연다. 봄이다. 봄 숲이 부른다.

노을빛 시간

올 가을 단풍이 어느 해보다 아름답다는 말에 별 계획도 없이 떠난 여행, 그곳이 몽트랑블랑이었다. 오래 전에 친정엄마와 그 산을 케이블카로 오르며 내려다보던 경치가 인상 깊게 남아있어 엄마와 나누던 시간을 추억하고 싶기도 했다.

아버지 돌아가신 이듬해, 실의에 빠져있던 엄마가 마음도 추스르를 겸 캐나다 딸네 집을 방문했다. 퀘벡 단풍을 보자며 떠난 가을 여행. 절정에 맞춰서 온 게 몇 년 만인지 모르겠다고 만나는 사람마다 입을 모았다. 엄마는 케이블카에서 내다보이는 주홍 산이 온통 감나무 천지인 것 같다며 감탄했다. 내년에도 후년에도 또 오마던 엄마는 그 후로 더는 딸네 집에 오시지 못했다.

남편과 나는 옛이야기를 하며 산길로 산길로 차를 몰았다. 산을 덮은 단풍에 홍시 빛으로 물든 엄마 얼굴이 겹쳐왔다. 작은 마을을 들러들러 오느라 목적지인 몽트랑블랑에 여덟 시간 만에 도착했다. 케이블카는 지난 주말로 올해의 마지막 운행을 마쳤다고 했다. 엄마와의 추억을 놓친 것 같아 서운했지만 운동도 할 겸 걸어서 올라가는 것도 좋았다. 좁은 산길이 가파르게 이어졌다. 도중에 만난 나무계단에는 주홍 낙엽이 수북했고, 암벽을 타고 내려오는 물보라는 검은 바위에 드리운 흰색 커튼 같았다. 작은 폭포는 몸집에 비해 걸걸한 소리로 쏟아지며 말을 걸어왔다.

산마루에서 내려다본 푸른 호수에 떠있는 커다란 섬 하나. 호수를 에둘러 서있는 붉게 물든 산 봉우리가 가까운 듯하면서도 멀고 먼 듯하면서도 가까웠다. 나는 사진을 찍듯 경치를 마음에 담았다. 옛적 엄마 아버지 얼굴과 젊을 적 우리 부부 모습이 단풍을 앞세워 아른거렸다. 어쩌면 나는 비경을 마음에 욱여넣는 것으로 그리움이 들어설 자리를 지우고 있었는지도 모르겠다.

젊은 부부를 만난 건 몽트랑블랑에 올랐다가 내려와서였다. 문을 연 지 백 년 가까이 된다는 유럽풍의 카페. 높은 의자에 앉으니 초콜릿 색 격차창이 있는 유리문을 통해 페치오가 내려다보였다. 우유 거품 남실거리는 카푸치노 찻잔을 앞에 놓고 커피 향에 취해 내다본 페치오에 그들이 막 들어서고 있었다. 아기를 데리고 온 부부였다. 남편과 나는 이야기를 하면서도 아기한테서 눈길을 떼지 못했다. 나는 손자 생각을 너머 더 먼 과거를 더듬고 있었다. 밖에 바람이 부는지 그들 머리 위로 단풍잎이 하나 둘 날리고 있었다.

카페 전체를 흐르는 진한 커피 향에 따스함이라는 단어를 떠올렸다. 행복한 눈으로 바라보니 평범한 광경에도 따듯한 빛의 조화를 느꼈다. 페치오에 앉은 젊은 엄마가 젖병을 꺼내더니 아기에게 물려주었고 젊은 아빠가 그 모습을 카메라에 담으려고 고개를 돌려가며 각도를 맞추고 있었다. 서양 사람 특유의 눈 찡그림이 사랑스러웠다. 아기를 중심으로 주고받는 부부의 눈빛. 바깥의 그 소박한 장면에 감동을 느끼며 자신의 추억을 더듬는 사람이 우리만은 아니었으리.

내 아들이 저 아기만 했을 때, 남편은 어쩌다 한번 쉬는 일요일이면 아기를 데리고 두 시간씩 걸리는 지하철을 타고 어린이대공원엘 가자고 했다. 천 기저귀를 가방 가득 담고 젖병에 분유에 보온병까지, 유모차보다 더 큰 짐 꾸러미를 메고 들고 전철역까지 걸으면서도 세상을 얻은 듯 하던 그날의 미소가 남편 얼굴에 조용히 번지고 있었다. 젊은 부부 덕에 잠시 만난 내 젊었을 적 시간을, 나는 무슨 이유에서인지 유리창 너머 비치는 그들 모습에 투영하여 카메라에 담고 있었다.

밖에는 주홍빛 노을이 내리고 있었다. 단풍 든 산도, 석양에 물든 하늘도, 인생의 황혼에 접어든 우리 부부도, 모두가 같은 색이었다. 저물녘에 내놓는 시간의 빛은 강렬하면서도 평온했다. 아침노을 같던 우리의 시간이 바래지 않은 채 남아있음을 확인한 느낌은, 말로 형용하기 어렵게 벅찼다. 우리 모두는 아침노을을 아름답게 기억하려는 저녁노을이었다.

번갯불과 그녀

막 잠이 들려는데 번개가 치기 시작했다. 아주 약한 번개인지 뒤따르는 천둥소리는 들리지 않고 번개만 간헐적으로 거의 한 시간 동안 계속되었다. 비가 부슬거리는 가운데 잠깐씩 폭우가 쏟아지기도 했다. 아직 한 뼘도 자라지 못한 상추 모종이 걱정되었다. 상추 잎이 워낙 여려서 저렇게 쏟아지는 비를 견딜 수 있으려나 싶어 뒤척거리고 있었다.

창밖을 내다보니 번개 빛 틈서리로 채소 모습이 잠시 보였다가 사라지곤 했다. 암흑 속에 잠들어 있던 것들이 번개가 치는 순간에만 생명을 받아 살아났다가 스러지는 듯한 환각. 비록 찰나에 불과하지만 번개는 마치 생명을 살려내듯 초록을 간헐적으로 보여주었다. 마술 같은 순간이었다. 번개의 날카로움으로, 견고하던 내 어둠에도 균열이 가는 듯했다. 나는 그 균열된 틈서리에서 마침내 숨이 터져 나오는 느낌이었고, 후련했다.

인생은 번갯불 같다는 비유를 떠올리며 찰나에 의미를 두는 우리 삶을 생각했다. 번개가 치기를 기다렸다가 잠깐의 빛 속에서 상추가 온전한지 확인하려 애를 쓰면서, 암흑 속에 존재하는 그 나머지 시간은 부정(不定)되는 생각마저 들었다. 어둠에 가려 보이지는 않아도 분명히 상추는 그곳에 '있다'는 걸 알면서도, 번개가 치지 않는 동안에는 존재마저 사라진 듯한 착각. 어쩌면 인간도 그렇게 반짝하고 모습을 드러내는 순간을 전부라고 착각하며 사는 게 아닐까 싶었다.

서른 중반 즈음, 내 삶에 큰 영향을 준 동료 교사 둘을 만났다. 성향이 서로 달라도 많이 다른 둘 중에서 내 관심은 한쪽으로 기울기 시작했고, 언젠가부터 나도 모르게 하 선생의 말을 비중 있게 여긴다는 것을 알아차렸다. 하 선생은 활발하고 거침없이 자신을 드러내는 성격인 반면, 차 선생은 말이 없고 진중한 성격이었다. 특별한 학생을 다룬 사례나 학교 전반에 걸친 일에서부터 살림하는 법이나 시부모님 대하는 법에 이르기까지 그녀와 짧지 않은 시간을 함께하는 사이, 하 선생은 어느새 내 삶의 테두리에서 중심부로 옮겨와 있었다. 그녀는 가을에 아이를 낳았는데, 출산휴가가 겨울방학과 학년말로 이어져 이듬해 봄 무렵까지 만날 기회가 거의 없었다.

차 선생과 나는 자연스럽게 둘만의 시간을 갖게 되었다. 우리는 둘 다 말이 없는 편이어서 처음에는 어색할 만큼 하 선생의 빈자리가 크게 느껴졌다. 그러나 시간이 가면서 서로 마음 깊숙한 곳에 있는 이야기를 내놓을 정도가 되었다. 언어를 통해 드러나지 않았을 뿐 그녀 안에 잠재하는 능력과 성숙한 인품을 발견한 그때부터 내게 그녀는 빙산이라는 이미지로 남았다. 수면 위로 드러난 그녀의 일부분을 전체로 착각한 나의 무지가 놀랍고 당황스러웠다. 말을 아끼는 사람의, 스스로 드러내지 않는 '이면'을 존중하는 법을 가르쳐준 인물도 그녀였다.

그 후, 열을 알면서도 하나를 말하는 사람과 하나를 알면 열을 말하는 사람을 수없이 만나며 황혼에 이르렀다. 어떻게든 자신을 드러내려는 사람들 사이에서 알토란 같은 속내를 침묵으로 키우는 사람을 드물게 만날 때면 그녀를 본 듯 반가웠다. 무엇을 생각하는지 목소리나 표정에 쉽게 드러나지는 않았지만 자신의 확고한 논리와 소신을 따르면서도 타인에 대한 배려와 존중이 몸에 밴 그녀였다. 어떻게 사는 게 잘 사는지의 잣대는 사람마다 다를 것이다. 그러나 상대가 말하지 않은 부분에 대하여 함부로 단정 짓거나 판단하면 안 된다는 것은 기억할 필요가 있다.

새벽 번개가 번쩍일 때 그 찰나의 빛 속에서 나는 차 선생을 보았다. 그녀와의 만남은 짧았으나 우리가 나눈 시간은 내 안에 길게 남았다. 그녀 집을 방문했던 그 해 겨울, 거실 가득 꽂혀있는 양서는 부러움 이상이었다. 그녀를 만난 지 삼 년 만에 드러난 음식솜씨는, 오랜 세월 손끝에서 익은 맛으로 섣불리 흉내 낼 수 없는 정도였다. 우리는 서로 수업이 없는 시간이면 같이 읽은 책과 세상을 이야기하며 깊이를 더해갔고 시절인연이 다하자 헤어졌다.

길지 않았기에 더 소중한 시간으로 기억되는 그때를 번개 속에서 만난다. 번개 칠 때만 드러나는 초록이 전부가 아니듯, 보이지 않는 것의 의미를 알려준 그녀 같은 사람이 그립다. 어디 그런 사람 또 없을까. 아니, 나는 누군가에게 어떤 사람으로 살고 있을까.

그날의 졸업식

깨어 보니 꿈이었다. 아마 엊그제 한국에 있는 친구에게서 졸업식에 관한 이메일을 받아서 그런 꿈을 꾸었나 보았다. 꿈속의 나는 여전히 현직 교사로 활동 중이었다. 오랫동안 근무하다가 정년을 채우지 못하고 중도에 그만둔 데 대한 미련과 아쉬움이 아직 남아 있는 것일까.

요즈음 졸업식 풍경은 내가 근무할 때와는 달라도 많이 다르다. 세월의 위력을 실감하지 않을 수 없지만, 꿈을 핑계 삼아 이제는 아득한 기억이 되어버린 어느 해의 졸업식 장면을 들여다본다.

언 발을 동동거리며 운동장에서 졸업식을 마치고 교실에 들어섰다. 떠도는 먼지만큼이나 많은 추억이 쌓인 곳이다. 교실 뒤편에 서 있는 학부모들은 졸업이 마치 자신이 이룬 생의 결실인 양 대견스러운 표정으로, 순간을 놓칠세라 연신 카메라를 들이대며 흐뭇해했다. 졸업하는 자기 자식이 의젓해 보이면서도, 한편으로는 새로운 관문을 향한 물살에 첫발을 담근다는 생각에 마음이 아릴지도 모른다. 그걸 지켜보는 내 가슴도 저릿했다.

아이들은 들뜬 기분에 건성건성 졸업장을 받았다. 나는 제자들의 제법 굵어진 손마디를 힘주어 잡고, 이제는 올려다보아야나 마주치는 눈을 바라보며 한 사람씩 천천히 악수했다. 헤어지는 시간을 늦추고 싶은 선생의 마음을 아는지 모르는지 아이들은 머뭇거리지도 않고, 넓은 세상을 향해 환호하며 성큼성큼 걸어나갔다. 건강한 웃음과 자신감 있는 걸음걸이가 믿음직스러워, 텅 빈 것 같던 마음이 알지 못할 무엇으로 그득 차오르는 느낌이었다.

묵직한 내 마음 곁에 무게를 버린 듯한 아이들의 자유로운 마음이 나란히 걸려있었다. 섭섭하다는 눈길을 주는 아이가 예의상 몇명 있을 뿐 다들 우리에서 풀려나기를 기다리는 야생마 같았다. 어디로 튈지 모르는 공처럼 자유분방한 저들의 행동을 억제하던 교복을 벗어버리고, 공부 경쟁에 마음이 묶여 흑백 사춘기를 보낸 교실에서 한시라도 빨리 뛰쳐나가고 싶은 표정들이 역력했다. 치열한 삶의 현장에 서게 되면, 저들은 아마 교복과 교실의 의미를 지금과는 다른 시선으로 되돌아보며 추억하리라.

모두가 떠난 교실. 운동장의 빈 나뭇가지에 걸려 몸을 뒤채는 겨울바람 소리가 창문 틈새를 비집고 들어왔다. 바람의 소요에 비해 졸업식을 마친 교실은 무섭도록 고요했다. 책상과 걸상은 삐뚤삐뚤 아무렇게나 놓인 채 방심한 모양이고 순식간에 모든 것이 썰물처럼 빠져나간 빈 교실은 아이들의 잔영으로 출렁거렸다. 소요와 고요가 번갈아 드나드는 마음을 다잡지 못해 나는 칠판에 기대어 선 채 움직이지 못했다. 무심코 내다본 창밖에는 맑게 갠 하늘이 파란 겨울을 두르고 있었다. 한때 파란 옷을 입었던 나의 젊음이 환영처럼 눈앞에 다가왔다. 잠시라도 붙잡고 싶어 눈길을 뗄 수 없었다. 다시 꺼내어 입는다고 푸른 시절이 돌아오랴마는.

　간간이 들려오는 아이들 음성이 환청처럼 교실을 휘젓고, 지나간 시간이 울퉁불퉁 모습을 드러냈다. 쉬는 시간, 점심시간, 맛있는 냄새, 건강한 냄새, 싱싱한 숨소리, 투명한 웃음소리, 그리고 가슴속 이야기들…. 먼 기억 속의 냄새와 소리가 한꺼번에 달려들었다. 돌아서서 나가던 아이들 뒷모습이 교실 문턱에 걸린 채 흔들리고 있었다. 못다 한 말이 남았던가. 나는 반쯤 열린 교실문을 멍하니 바라보았다. '너희가 밀고 나간 문이 험난한 세상과 연결된 입구라 해도, 입구와 출구가 따로 있는 게 아니란다. 실은 같은 문짝의 앞면과 뒷면일 뿐이지. 더는 한 발짝도 떼놓지 못할 것 같은 길의 끝, 들어오는 문만 보이는 그곳에도 어딘가로 나가는 출구는 있단다. 들어왔던 바로 그 문이 출구일 수도 있더구나.'

　인생길에는 여러 형태의 '졸업'이, 접힌 골목마다 들어있는 것 같다. 교문을 나선 나의 아이들도 살면서 한 번쯤은 졸업의 의미를 되새기며 이해하는 날이 있을 것이다. 사춘기를 졸업하여 어른 세계에 편입되고, 학교를 졸업하여 사회에 진입하고, 은퇴 후에 노인의 대열에 합류하는 이 모두가 졸업인 동시에 새로운 세계를 향한 시작이라는 점을. 그렇게 수도 없이 세상의 문이 열리고 닫히며 시작과 끝이 하나의 원처럼 순환하는 삶의 질서를. 그리고 생의 마지막 출구가 될 죽음이라는 이름의 졸업도, 끝이 아닌 미지의 세계로 들어서는 입구일 수 있다는 것마저도.

금빛 낙원

낙원을 그리기 위해 낙원으로 들어간 화가, 고갱을 만나기로 한 날이었다. 이미 낙엽이 내리기 시작한 덕수궁 뒤편, 시립미술관으로 이어지는 길을 따라 걸었다. 골목길 입구부터 담장에 걸리거나 이젤에 기대어 선 그림들이 꽤 길게 전시되어 있었다. 아직 이름을 알리기에는 넘어야 할 산이 많은 병아리 화가들의 작품들일 터. 제대로 된 미술관에서 전시하기 위해 거쳐야 할 관문처럼, 무명 화가들의 작품은 길거리 담벼락에서 쓸쓸한 바람을 맞으며 기다림을 몸으로 배우고 있었다.

1889년 파리의 한 카페에 전시된 고갱의 초기 작품들도 비슷한 모습으로 길이 열리기를 기다린다. 그 해는 박람회의 상징인 에펠탑의 완공으로 파리 전체가 열기로 들끓던 때이기도 하다. 중요한 행사에 참여하여 어떻게든 자신의 작품을 알리고 싶지만, 아직 미술계에 이름이 알려지지 않아 박람회 전시 화가로 선정되지 못한 고갱은 근처 카페에서 동료 화가들과 전시회를 열게 된다. 이를 계기로 그는 미술계를 이끌어갈 차세대 화가들에게 영향력 있는 주도적 역할을 하기에 이른다.

그림에 안목이 없는 행인들이 무심코 스치고 지나간 자리에 주목받지 못한 채 서 있던 오늘의 길거리 화가 중에는 고갱처럼 후대의 역사에 남을 화가가 있을지 모른다. 이리저리 구르다가 잠깐의 조명조차 받지 못하고 거대한 자갈밭 더미에 묻혀버린 화가들이 어디 그들뿐일까. 예술의 세계란 그게 그림이든 음악이든 문학이든, 그렇게 운 나쁜 작은 돌멩이로 아무도 모르게 혼자만의 열정을 태우며 가혹한 시대를 살다 간 잔해로 가득할 것이다.

보통 화가가 아니고서는 넘을 수 없다는 높은 미술관 문턱을, 관람객은 아무렇지도 않게 드나드는 행운을 누리고 있었다. 미술관 입구에서 제일 먼저 마주친 고갱의 그림은 높이 140센티미터 가로 4미터에 이른다는 대형작품이었다. 전체적으로 약간 어두운 청색과 에메랄드그린이 바탕을 이루고 있어 중앙에 서 있는 사람 말고는 위쪽의 노란색 모서리가 먼저 눈에 들어왔다. 그 금빛 모퉁이에 무슨 글씨인가가 적혀있었다. 아래 설명을 읽고 그게 그림 제목이라는 걸 알았다. 일반적으로 화가가 자신의 작품 안에 제목을 표기하는 경우가 흔치 않은데 그는, 그것도 눈에 띄는 위쪽의 양 모서리를 할애하여 금색 바탕에 제목과 서명을 넣었다. 고갱은 자기 그림에 대해 동료 화가에게 설명한 편지에서 그 부분을 '금색의 땅'이라고 표현했다. 금빛은 그가 꿈꾸던 낙원의 빛이 아니었을까.

죽기 전에 마지막 열정을 쏟아부어 완성한 작품답게 크기도 컸지만, 제목도 심상치 않았다. 고갱을 모델로 한 서머싯 몸의 소설, 〈달과 6펜스〉에서 타히티 섬으로 간 주인공이 마지막으로 벽에 그렸다는 그 그림이 혹시 저 작품 아닐까 싶어 책을 읽던 기억을 더듬어가며 감상했다. 파리의 도시 문명 세계를 등지고 시간이 멈춘 낙원으로 상징되는 타히티라는 원시 세계로 들어간 그. 죽음을 눈앞에 두고 그린 그림인 만큼, 극한 상황에서 고도의 집중력으로 그렸으리라고 추측했다. 잠든 어린아이로 시작하여 늙은 여인이 자신의 죽음을 받아들이는 것으로 끝나는 인간의 삶이, 그림 하나에 모두 담겨있었다. 제목은 '우리는 어디서 왔는가, 우리는 무엇인가, 우리는 어디로 가는가'였다. 그림의 제목이라기보다는 철학책 제목 같았다.

살면서 한 번쯤은 의문을 갖게 되는 세 가지 물음 앞에 누군들 자유로울 수 있을까. 머리에서 맴돌던 본질에 대한 근원적인 물음을 선과 색이라는 언어로 표출한 것이 아닐는지. 생명의 탄생과 삶의 순간순간을 그저 우연의 연속이라고 여기기에는 뭔가 다른 특별함이 있을 것 같아 우리는 의심하고 질문하며 답을 구하려 하는지 모른다. 원색에 가까운 분명한 색채와 뚜렷한 선을 사용하면서도, 허구와 환상으로 가득한 추상적인 삶에 대한 의문의 실마리를 작품에 숨겨놓는 것으로 그는 과감하게 붓을 놓는다. 그만큼 작품이 전하는 메시지는 신비스럽다. 애초에 존재하지도 않을지 모르는 질문의 답을 인간인 그가 제시할 수도 없었겠지만, 그가 내놓은 질문을 화두 삼아 고민하는 건 관객의 몫일 것이다.

마지막 역작을 완성하고 나서 그는 고통에서 해방된 '금빛 낙원'을 느꼈을까. 그렇다면 왜 붓을 꺾고 자살을 기도했을까. 자신만의 낙원을 경험했기에 속세에 더 머물 필요를 못 느낀 것일까. 감당도 못할 무거운 생각 덩어리를 덥석 받은 듯한 느낌에 미술관을 나서는 걸음이 가볍지만은 않았다.

두 남자

어떻게 생판 모르는 두 사람의 살아온 흔적이 그렇게 닮을 수가 있을까. 그들은 정말 그랬냐는 말로 그 우연과 닮음을 확인하며 놀라워했다.

미국에 사는 교민과 그룹 여행을 하는 중이었다. 여행 중에 짬짬이 나눈 대화로 가까워진 그들 부부를 우리 방에 초대하여 맥주나 마시자고 만든 자리였는데 통성명 끝에 들춰진 과거가 비슷해도 너무 비슷하다는 거였다. 그들의 이야기는 밤늦도록 끊어질 줄 몰랐다.

동갑내기에다가 둘 다 맏아들로 비슷한 시기에 쉽지 않게 이민을 와서 산다는 게 긴 이야기의 시작이었다. 그들은 독특한 정서와 문화를 공유하는, 소위 7080 세대였다. 수업보다 데모하는 날이 더 많던 시절, 의로움에 불끈거리던 젊음을 시위대열에서 불사르며 최루탄 눈물을 겪은 그들이었다.

대학 시절로 돌아간 그들은 목소리마저 젊어져 있었다. 요즈음보다는 취업이 어렵지 않아 대학을 졸업하면 의당 취직하는 줄 알았고 실제로도 그렇지 않았느냐며, 단순하고 분명하던 그들의 시대를 마치 무슨 훈장처럼 펼쳐놓았다. 부정이나 불의라는 단어 앞에서는 조용하면서도 철저하게 신랄해졌으나 이야기 끝에는 자조 어린 쓸쓸함이 묻어났다. 나는 분위기를 바꾸고 싶어 맥주를 꺼내며 말을 거들었다.

맥주가 몇 병 더 비워졌고 얼굴에 붉은 기운이 짙어질수록 서로를 바라보는 흐려진 눈빛에 연민이 스몄다. 태어나 환갑이 넘는 긴 세월을 그토록 비슷한 운명의 궤도에 있는 사람을 만나기는 처음이라는 말을 되풀이하며 이민자의 쉽지 않은 삶을 토로하기도 했다.

그들은 서로 다른 회사에서 일했지만, 그 시절 우리나라 가장의 대부분이 그랬듯이 오밤중에 퇴근하는 것을 어쩌지 못할 숙명처럼 받아들였다. 일 년을 하루같이 잠든 아이의 얼굴을 들여다보며 가족과 가정의 의미에 회의하던 우리의 평범한 아버지들이었다. 불혹(不惑)에 미혹(迷惑)이라…, 이게 아닌데 싶은 거였다. 꺾인 꿈을 가슴에 묻고 이민을 감행했지만, 마흔이 넘어 시작한 녹록지 않은 이민살이에 하루에도 몇 번씩 부모 형제 있는 고국으로 돌아갈까 고뇌하던 마음속 갈등도 다르지 않았다.

이민 온 햇수가 나이만큼이나 중요한 요소로 작용하는 이민자들의 관계에서 비슷한 시기에 새로운 땅에 발을 디뎠다는 건 그만큼 사고나 정서가 통한다는 의미이기도 했다.

"물론 나도 변했겠지요."

그들은 고국을 떠나 십여 년 서양 사회에서 살며 자신도 변하지 않을 수가 없었겠지만, 고국에 있는 친구나 동생들도 옛날 같지는 않더라고, "세상이 변했는지" 하며 말끝을 흐렸다. 가족관계에서도 공통점을 발견한 그들은 오랜만에 만난 어린 시절의 허물없는 고향 친구가 되어있었다. 부모를 모셔야 할 나이에 고국을 떠나며 면목이 없었을 터였다. 동생들은 동생들대로, 맏이가 연로하신 부모를 두고 떠난 데 대한 서운한 감정의 찌꺼기를 삭이지 못하는 것 같으니 이민자는 이래저래 죄인이라.

"내일 일찍 일어나야 하는 일정이에요."

아내는 내일 일정 때문이 아니라 몸이 무너지면 영혼마저 주저앉을까 봐 겁이 났는지도 모른다. 지우고 살아야 할 일을 들춰낸들 뭐하랴 싶어 모르는 척 긴 세월을 살았으리. 남편의 깊고 어두운 그곳은, 아무리 힘들어도 건드리지 말아야 할 공간임을 굴곡진 세월이 은근히 일러주지 않았던가.

비슷한 삶의 궤도를 돌고 있는 사람이라고 다 그러랴마는, 밤늦도록 나눈 대화에 운명이라는 단어가 자주 등장했다. 색채 없이 다가오는 운명이다. 인간의 삶을, '죽음에 먹히고 운명에 조롱당하는' 존재라고 시를 통해 노래한 독일의 철학자 볼테르. 현란한 빛의 세상에 무채색으로 다가와 삶을 흔드는 게 운명이라는 존재 아닌가. 누구는 운명을 쥐고 흔들고 누구는 운명에 휘둘리며 걷는다지만, 같은 운명의 끈에 묶여 비슷한 환경에서 삶을 살아낸 그들이 달리 보였다.

감성과 의식, 사고하는 방식까지 닮은 그들이 나누던 시간을 여행지에 두고 왔다. 버리고 돌아서기에는 아쉬움 이상의 아쉬움이 남는 여행이었으나 버리지 않은들, 또 어쩌랴.

잠자는 연꽃

여름 심코 호수가 졸고 있다. 녹이 슬어 붉게 변한 활 모양의 철
교를 중심으로 양쪽이 호수다. 그 바다 같은 호수가 온통 자잘한
수련으로 덮여있다. 다리 중앙에 걸터앉으니 내 몸이 호수에 떠 있
는 느낌이다. 짙푸른 호수와 하얀 수련, 색의 대비에 눈이 부시다.
뭉게구름을 거느린 하늘이 높은 관람석에서 차마 구경만 할 수는
없었는지 슬쩍 구름 한 자락을 호수에 담그며 내려앉는다. 나도 호
숫가로 내려와 가장 낮은 곳에 자리 잡은 관객이 된다. 호숫물이라
는 무대에서 내 시선을 잡고 놓아주지 않는 건 호수 가득한 수련이
다. 잠든 수련을 보고 싶다는 열망이 나를 이리로 이끌었으리라.

수련은 '물 위의 연'이라는 수련(水蓮)이 아니라 '잠자는 연'이라
는 수련(睡蓮)이다. 이름값을 하려는지 하얗게 흩어진 꽃들이 햇살
을 받으며 졸고 있다. 나는 잠자는 연꽃이라는 수련(睡蓮)이 정신을
연마하는 수련(修練)과 발음이 같다는 데 주목한다. 연꽃은 물속에

서도 젖지 않고, 물결에 흔들리면서도 흐트러짐 없이 고고한 자세로 잠을 잔다. 자면서도 감각을 세워놓고 수련(修練)하는 것으로 보인다. 먼발치에서 볼 때는 하얀 색인 줄 알았는데 다가가서 들여다보니 꽃잎 사이사이에 있는 듯 없는 듯 노란빛이 서려 있다.

하늘에는 날개가 하얗고 부리가 누런 갈매기들이 높이서 빙빙 돌고 있다. 잠든 수련 위로 제 그림자만 던질 뿐 끼룩거리는 소리마저 삼킨다. 갈매기도 고요 속 평화를 차마 깰 수 없는지. 잠자는 수련을 보겠다고 여기까지 왔는데도 크고 작은 소음에 길든 내게는, 계속되는 침묵과 적요가 달갑지만은 않다. 물빛이 너무 강해서일까 고요함에 취해서일까, 등에 내려앉는 햇빛에 밀려 연꽃 무리 속에 들어가서 함께 잠드는 상상을 한다. 졸리다.

그때 갑자기 끼룩거리는 요란스러운 소리가 졸음을 흩어놓는다. 무슨 일일까 싶어 둘러보니 저만치에서 갈매기 한 마리가 물을 박차고 비상하는 게 보인다. 부리에 자그마한 생명이 허리를 물린 채 버둥거린다. 저것이구나, 삶이란 바로 저런 것이구나! 드넓은 창공이 저들의 영역이고 뭍과 물에 속한 것이 온통 저들의 것이어도 먹이를 구하는 일이란 저리 치열한 것이구나. 생존을 위한 먹이 다툼에서 어떤 생명인들 초연할 수 있을까. 매인 데 없이 자유로운 저들에게도 몸부림쳐 나오고 싶은 삶의 매듭은 있는가 보다. 저렇듯 준열하고 각박한 생존 현실이기에, 가수면(假睡眠) 상태로라도 환상을 품을 때 삶은 잠시 아름다울 수 있는지 모른다.

내가 잠시 꿈을 꾸었던가. 머릿속으로 수련의 꽃잎을 테두리부터 하나씩 벗겨내며 중심의 빛에 닿기 직전까지 나를 이끌던 몽환적인 생각들. 수련 중심에 있는 노란빛은 바람과 물살에 흔들릴 수밖에 없는 수련의 생명을 지탱해주는 희망 같은 것 아닐까. 희망이라는 단어는, 오늘의 고달픈 삶을 잠시 잊고 불확실한 내일을 향해 한 번 더 손을 내밀게 하는 힘이거늘. 꿈을 꾸는 밤 동안에만 의미를 지니는 꿈처럼, 희망 역시 갖고 있는 동안에만 의미가 있는지 모른다.

한국 전주에서 덕진공원 연못에 갔을 때였다. 아침결에 잠깐 들른 그곳, 나무다리를 가운데 두고 양쪽으로 운동장만 한 연못에 홍련과 백련이 나뉘어 피어 있었다. 방석만 한 잎사귀에 올라앉은 큼지막한 연꽃들은 당당하고도 기품이 서려 있었다. 바람이 한차례 흔들고 지나가면 양쪽에서 하얀 향과 붉은 향이 연못 가득 퍼지며 화합하는 듯했다. 향기를 맡으려고 숨을 깊이 들이마셨다.

꽃잎을 닫기 전에 연꽃 속에 차(茶)를 넣어두었다가 이튿날 아침 꽃잎을 열 때 꺼내어 다려서 남편에게 대접했다는 어느 중국 화가 부인의 내조가 생각났다. 아침 햇살이 방금 잠을 깬 연꽃에 내려앉고 있었다. 아주 멀리까지 향기를 퍼뜨린다는 연꽃 향이 태양의 후각을 자극한 것일까.

수련의 잠이 깊어진다. 나도 그들 무리에 섞여 잠을 청했으니 연꽃 속에 들어갔던 중국 차(茶)처럼 연꽃 향이 배었을 법도 하건마는, 나의 몸은 수련의 향내를 품지 못한다. 머리로만 기억하는, 육화(肉化)되지 못한 향이 무슨 소용 있으리. 수련은, 세상의 파도에도 온유한 표정으로 잠든 연꽃을 닮고 싶은 누군가가 자신의 마음을 이름에 투영한 것 아닐까. 잠자는 연꽃, 수련(睡蓮)이라고.

제 8 부

무대를 내려올 즈음

무대를 내려올 즈음

볕이 좋아 걷자며 나선 산책길이다. 젊지도 늙지도 않은 부부가 꽤 빠른 속도로 바람을 일으키며 달려 지나가고 송아지만 한 누런 개가 그들 뒤를 바짝 뒤쫓는다. 뒤에서 자전거 소리가 나길래 무심결에 길섶으로 한 발짝 들어섰더니, "Thanks!" 가벼운 목소리를 떨구고 간다. 그 짧은 한마디가 밝은 기운을 몰고 온다. 나는 늙수그레한 남자의 멀어지는 뒷모습을 물끄러미 바라보고 있다.

산책하는 행인 #1, 이름도 필요 없는 사람이 '나'다. 조깅하던 중년 부부는 행인 #2, #3이고 자전거 탄 은발의 남자는 행인 #4라 할까. 모두 호숫가 공원이라는 무대에서 행인 역할을 맡은 사람들이라 할 수 있다. 있어도 그만 없어도 그만인 것 같지만, 그런 행인 역할도 있어야 배경에 활력이 붙는다. 주역을 맡았더라면 이렇게 홀가분한 마음으로 지나지는 못할 터. 책임도 클 테고 하다못해 대사 한마디라도 더 외워야 하지 않겠는가.

아무 때나 행인 역할이 주어져도 가벼운 마음으로 맡을 수 있을까. 젊었을 때는 그렇지 못했다. 중심 역할을 맡아야 뭔가 하는 것 같고 끝난 후의 성취감도 컸다. 지금은 웃으며 말할 수 있어도 그때로서는 지우고만 싶던 기억의 주머니를 연다.

대학에서 영어 연극을 할 때였다. 배역을 정하는데 주역은 벌써 누군가에게 주어지고 대사라고는 몇 마디 없는 단역만 남았다는 걸 알게 되었다. 지레 실망한 나는 관심 없는 척하며 어설픈 핑계를 대고 아예 연극의 모든 면에서 물러났다. 그러고서 며칠을 앓았다. 연기에 대한 애착이나 열정을 발휘할 기회를 잃어서가 아니라 역할에 대한 욕심 때문이었다.

연극을 앞두고 리허설을 하던 날, 나는 무대 가까이 가지도 못하고 남의 눈에 띄지 않게 멀찌감치서 지켜보았다. 주인공 역할을 맡은 내 친구는 누구보다 잘해냈고 나는 나의 옹졸함이 드러날까 봐 안절부절못했다. 내 몸에 맞지 않는 옷을 탐냈던 것 같아 한동안 그녀를 피하던 기억조차 이제는 아름다운 그림으로 남았다. 지금은 소식도 모르는 그녀에게, 당시의 이야기를 들려주며 그녀 특유의 자지러지는 웃음에 다시 불을 댕길 수 있는 날이 오려는지.

그 시절의 열정이 그리우면서도 그저 한때의 아름다운 그림인 것으로 만족한다. 지나온 시간 중 어느 때로 돌아가고 싶은지 생각한 적이 있다. 인생에서는 '다카포(da capo)'가 의미도 없겠지만 음악에서처럼 '처음으로 돌아가 전체를 되풀이'하기란 불가능하다.

어느 시점으로 돌아가 일부를 수정할 수 있다면 되돌아가고 싶은 시간도 꽤 많을 것이다. 그러나 똑같이 다시 살아야 한다면 지나간 대로 두어야겠지. 오래 입은 고무줄 바지처럼, 황금빛 노년도 가까이 와보니 적당히 낡고 적당히 헐렁해져서 편안하다. 노후에는 이름을 드러내지 않는 익명의 삶도 괜찮을 것 같고 어쩌면 익명이 더 편안할지도 모르겠다.

열심을 내는 일이 젊었을 때는 열정으로 불리지만 늙어서는 그렇지 않을 수 있다. '내 나이가 어때서'를 외치며 아무 데나 기웃거리고 발을 들여놓기보다는, 해야 할 것과 포기할 것을 구분하는 것도 지혜다. 할 수 있다고 생각하는 것과 정말 할 수 있는 것은 다르기 때문이다. 단계별로 포기하는 과정을 성숙한 자세로 인정하고 받아들일 때 바람직한 노화가 이루어지지 않을까 싶다.

아들 며느리가 손자를 데리고 오는 날이다. 내 부엌살림이 아직 며느리 손에 설 것 같아 식탁에 옮겨다 놓기만 하면 되게끔 음식을 미리 다 준비해 두었다. 상 차리는 일은 아들 며느리에게 맡기고 나는 손자 곁으로 돌아간다.

아기를 안아본 지 30년도 더 된 나보다 훨씬 능숙하게 아기를 다루는 며느리 곁에서 나는 어쩔 수 없이 관객이 된다. 월령(月齡)에 따라 다르게 만들어 먹인다는 이유식에 대해 묻자 "인터넷 검색하면 다 나와요"라는 며늘아이의 명쾌한 답이 돌아온다. 인터넷만 검색하면 요리법도 육아법도, 없는 정보가 없다는 말을 흘려들을 수가 없어 가슴이 서늘해진다. 아이가 조금만 어때도, 서툰 솜씨로 음식을 만들 때도, 시도 때도 없이 양쪽 어머니에게 묻고 답하던 우리 세대 생각을 했다. 그러면서 모녀간에 또는 고부간에 미운 정 고운 정이 들었던 게 아닐까 싶어서. 신식 며느리와 소통하는 길을 인터넷에 양보한 시어머니는, 공연 뒷바라지를 해준 후 객석으로 돌아와 관객이 된다. 아직은 무대를 떠나고 싶지 않은, 역할에 대한 미련을 버리지 못한 관객으로.

"시는 평온한 가운데 회상이 일으키는 정서에서 나온다", 무대에서 내려와 관객이 되었을 때의 '그런' 상태가 시를 끌어내기에 가장 좋은 상태라고 했던 시인 워즈워스의 말을 기억한다. 이제 나도 '그런' 상태에 있으니 앞으로 다가올 '관객으로서의' 삶을, 글을 쓰기에 좋은 때라는 의미로 받아들이고 싶다.

어디로 가야 할까

빵빵! 소리를 앞세운 어마무시한 트럭이 코앞에 있다. 열린 차창으로 덩치 한번 우람한 운전자가 알 수 없다는 표정으로 나를 내려다본다. 어리둥절하다가 상황을 파악하고 주춤, 뒤로 물러서려는데 어이없게도 웃음이 나왔다. 사과를 해도 시원찮을 판에 웃음이라니.

양 손바닥을 위로 펴고 옆으로 벌린 채, 어깨를 으쓱하는 서양사람 특유의 몸짓. 서구 사회에서 산 지 십 년이 넘었는데도 이상하게 그런 몸짓만 보면 나도 모르게 웃음이 나온다. 문신이 잔뜩 새겨진 시커먼 팔뚝을 보자 겁이 나면서도 웃음을 거둬들이지 못해, 어정쩡한 표정으로 "Sorry!" 한마디 하고 말았다.

이게 다 저 꼬마 개구리 때문이다. 차도와 풀숲 사이로 난 좁은 길을 걷고 있는데 발아래서 거무스름한 물체가 폴짝 뛰어 차도 쪽으로 내려앉는 게 보였다. 엄지손톱만 한 개구리였다. 세상에, 이렇게 작은 개구리가 있다니. 반갑고도 신기했다. 그런데 개구리가 수풀 쪽이 아닌 차도 쪽으로 방향을 잡는 게 문제였다. 발끝으로 진로를 막으며 방향을 바꿔주려는데, 알면서도 그러는지 몰라서 그러는지 개구리 고집도 만만치 않았다.

길바닥에 즐비한 달팽이들을 피해가며 걸었어도 으깨지는 소리로 예민해진 마당에 개구리까지 말썽이라니. 개구리와의 실랑이는 좀체 끝나지 않았다. 손으로 집어서 숲 쪽으로 던질까 생각도 했지만, 어쭙잖은 우월감으로 그들 삶의 질서를 방해하고 싶지는 않았다.

"요 맹꽁아, 여기가 어디라고 겁도 없이 차도로 기어 나와. 집에 얌전히 있을 일이지. 코앞도 못 내다보면서." 하며 운동화 끝으로 막아설 때 하필이면 트럭이 내 코앞에 버티고 서서 경적을 울린 거였다. 운명 앞에 속수무책이고 한 치 앞을 내다보지 못하는 건 너나 나나 다를 게 없구나 싶었다.

저 태어난 익숙한 곳에서 안일한 생활에 만족하고 있을 다른 개구리들에 비하면 꼬마 개구리는 꽤나 용기 있는 녀석이다. 모험에 따르는 위험을 본능으로 직감하는지는 모르겠지만 새로운 도전이 두렵지만은 않았나 보다. 하루를 살다 가는 생명도 백 년을 사는 인간도, 자기 세계에 안주하거나 다른 세상을 기웃거리며 변화를 꿈꾸는 건 다르지 않은지. 안주하느냐 변화하느냐를 놓고 갈등하면서도 익숙함을 벗어나지 못해 그날이 그날 같은 일상을 사는 나를 오히려 측은하게 여겼을지도 모른다. 벗어나려고 하다가도 막상 자유가 주어지면, 변화에 따른 낯섦과 거세게 닥쳐올 불확실한 파장이 두려운 나머지 되돌아가고 싶은 달콤한 유혹에 갈등하곤 했으니.

꼬마 개구리는 웅덩이 쪽으로 가서 몸을 한번 적시는가 싶더니 길을 바꿔 갈대숲으로 사라졌다. 삶은 그렇게 숱한 갈아타기를 거쳐 자신이 목적하는 곳까지 가는 것이려니. 손톱만 한 생명이지만 대견하고 부러웠다. 나도 내 삶이 그어놓은 원 바깥으로 훌쩍 뛰어넘는 모험을, 지금이라도 한번 해볼까. 어찌 나라고 선 밖으로 뛰쳐나가고 싶은 적이 없었겠는가. 애벌레로 살다가 날개가 돋는 변신을 꿈꾸는 나비처럼, 기존 삶의 테두리를 벗어나려고 마음이 흔들린 게 몇 번이던가.

그렇지만…, 나는 '그렇지만'이 늘 문제였다. 그 선만 뛰어넘으면 되는데, 경계에 발끝이 닿을 만하면 뭔가 발목 잡는 것들이 생기곤 했다. 아니 어쩌면 누군가 발목을 잡아줬으면 하고 바랐는지도 모르겠다. 머릿속에 그리던 내 인생의 청사진은, 십 년씩 세 번 다른 직업을 갖는 거였다. 어릴 적부터 꿈이던 선생님, 온종일 실컷 책을 읽는 책방 주인, 그리고 나이 들어서는 찻집을 차려서 마음 맞는 사람들을 불러 세상을 이야기하며 살겠다는 계획이었다. 그러나 책방 이름과 찻집 이름만 몇 개씩 지어놓고서도 주저하고 망설이느라 내내 교직에만 머물고 말았다.

'너는 기회가 있을 때 가고 싶은 길을 가거라. 사막이든 북극이든, 날아서 가든 기어서 가든, 일단 가보는 거야.' 개구리가 아니라 나 자신에게 하는 말이리. 중요한 것은, 변화를 두려워하지 않는 마음가짐과 목적한 곳을 향한 첫걸음, 그것 아닐까. 적어도 이곳은 아닌 어딘가 새로운 곳에 닿아있을 테니까. 그런데 나는, 나는 어디로 가야 하는 것일까.

'정말로 좋은' 친구

소중한 생명 하나가 스러져도 세상은 변함이 없다. 마치 무슨 일이 있기나 했느냐는 듯 다들 조용히 제 자리를 지키고, 아무렇지도 않게 일상이 반복되는 냉엄한 현실. 그건 사랑하는 이들의 마음에서 잊히는 것만큼이나 쓸쓸하다.

모든 게 그대로인데 그 안에 틀림없이 들어있어야 할 한 사람만 없다는 상실감은, 가까운 사람을 잃었을 때일수록 크다. 나는 친정 아버지가 돌아가시고 처음으로 그런 경험을 했다. 틀림없이 아버지 목소리가 들린 것 같아 돌아보았는데 아무도 없고 늘 앉으시던 의자는 비어있었다. 서늘함, 그 섬뜩함. 평범한 일상에서 불시에 덮치는 상실감을 극복해가는 시간은 참으로 더디 흘렀다.

교사로 근무하다가 중도에 이민 온 나는 현직에 있는 친구들이 퇴직하기를 은근히 기다렸다. 공립학교 교사는 3~4년마다 전근을 하게 되어있어 조금만 소홀하면 소식이 끊기곤 했지만, 모이고 흩어지다 보면 누군가는 거처를 알고 있게 마련이라 소재 파악에 그리 연연하지 않았다. 시간에서 자유로워지면 만날 날이 오겠지 하면서도 막상 홀로 타국에 떨어져서 그날을 기다리는 일은 길고도 지루했다. 이국에서 겪는 내 삶의 이야기를 누군가와 나누며 소통하고 싶어 글을 쓰기 시작했다.

내가 이민 간다고 이십 년 넘은 직장을 그만둘 때 제일 마음 아파하던 그녀. 내가 첫 수필집을 냈을 때 그녀는 자기 일보다 더 기뻐했다. 먼 타국에 있지만 글 쓰는 작가가 되었으니 괜찮다고, 오히려 부럽다던 그녀였다. 그런데 그녀를 세상 어디에서도 찾을 수 없었다. 세상은 무성영화처럼 소리가 사라지고 색깔이 지워진 흑백 화면으로 존재했다. 그녀와 나누던 대화가 문장을 이루지 못한 채 토막 난 단어로 허공을 떠다녔다. 그녀를 향한 허기는 해질녘이면 찾아왔고 나는 낙조가 두려웠다.

충격이 잦아들 무렵, 기억 속에 들어있는 그녀의 음성과 얼굴을 애써 더듬어보아도 어느 하나 뚜렷하게 잡히는 게 없었다. 추상으로 존재하는 그녀 이름을 불렀을 뿐인데 우리가 함께한 시간을 묶고 있던 단추가 툭 떨어져버린 느낌. 몸을 지탱하던 기운이 쇠진하여 까라지듯, 나는 주저앉아 일어설 수가 없었다. 누구와도 그녀와의 추억을 나눌 사람은 보이지 않았다.

떠난 이는 기억이 만든 이미지로 존재한다. 고인과의 과거를 남아있는 누군가와 나누는 일은 그래서 특별하다. 삶 자체가 크고 작은 만남과 헤어짐의 연속이라지만, 기나긴 이별 끝에 서면 함께 나누던 추억이 위로가 될 수 있다.

모든 게 변하지 않고 기다려주기를 꿈꾼 내가 어리석었을까. 이 기적이었을까. 그녀와 무릎을 맞대고 앉아 밀렸던 말 보따리를 풀어놓는 상상을 하면 이국의 시린 삶도 견딜만했다. 미적거리다가 때를 놓치는 게 얼마나 아픈지, 얼마나 후회스러운지. 시계바늘을 돌려놓아 과거로 돌아갈 수 있으면, 하고 수도 없는 시간을 허튼 상상으로 허비했다.

그녀는 내 아이와 동갑내기 아들을 둔 엄마였고 나와 같은 색깔의 언어를 쓰는 친구였다. 우리가 남의 아이들을 가르치는 동안 빈집에서 엄마를 기다리고 있을 내 아이 생각에 함께 가슴을 앓았고, 퇴근 후 가장 빨리 만들 수 있는 저녁 반찬거리를 궁리하며 전업주부를 부러워했다. 보이지 않는 시집살이와 맞벌이 주부로서의 갈등을 이야기하며 서로를 서로의 마음에 들여놓았다. 퇴직할 때쯤이면, 힘겹고 숨차던 오늘이 옛이야기가 되리라는 것을 우리 누구도 의심치 않았다.

아무런 준비 없이 이별을 맞닥뜨린 아이처럼, 그녀의 죽음 앞에 당황한 나는 슬플 겨를도 없이 가슴을 닫아야 했다. 세상에는 '그 순간'이 아니면 영원히 잡지 못할 일이 많았다. 마냥 이어질 것 같은 '순간'은 눈앞에 다가오는 동시에 사라졌다. 만나면 한꺼번에 쏟아놓겠다고 미루던 말들을 이제 어찌하면 좋을까. 내 이름을 불러

줄 친구가 있다는 것, 그건 얼마나 큰 축복이던가.

피천득 선생님은 "정말로 좋은 친구는 일생을 두고 사귀는 친구다"라고 했다. '일생을 두고 사귈' 기회를 안 주고 떠났어도 '정말로 좋은' 친구, 그녀를 그리며 이 글을 쓴다.

겨울바람

바람이 밤새 울었다. 산발한 여인을 떠올릴 만큼 음산한 밤, 우는 바람 소리에 잎을 버린 나뭇가지가 일제히 휘청거렸고 나무는 제 가지를 놓지 않으려 안간힘을 썼다. 얼음비로 토론토 전체가 정전되어 암흑 속에 마비되는 무섭고도 지루한 밤을 보낸 세상이, 침묵 속에 새 아침의 빛을 쏟아냈다.

바깥세상은 그토록 어수선한데 투명한 얼음 속에 들어앉은 나뭇가지는 무심한 표정이었고, 미처 떨어지지 못한 열매가 얼음 방울 속에서 발그레 웃고 있었다. 소요 속의 평화를 보는 일은 고통 속의 웃음을 발견했을 때만큼이나 낯설고 어색했다. 차가운 얼음에 갇혀서도 조용히 아침을 기다렸을 나뭇가지나 열매처럼, 내 마음도 외부의 동요에 흔들림 없이 여여(如如)하고 평화로울 수는 없는지.

숲에 갔다. 밤새 안녕을 걱정했다기보다는 호기심에서였다. 입구에 늘어선 자작나무 숲이 하얗게 얼어있었다. 얼어붙은 겨울나무를 본 게 처음이 아닌데도 걸음을 멈추고 서 있었다. 두툼한 얼음 막대 속에 하얀 나뭇가지들이 순한 얼굴로 잠들어있었다.

숲이 깊어지자 평화가 끝난 듯, 그곳에는 전혀 다른 세상이 펼쳐졌다. 살집은 없고 키만 훤칠하던 나무가 얼음의 무게를 이기지 못하고 휘어 땅에 코를 박고 있었다. 아예 부러져 땅에 드러누운 늙은 나무도 보였다.

쓰러져 있는 고목이 예사로이 보이지 않았다. 꺼멓게 썩으면서도 새싹을 밀어올리던 아비 나무가 기억 속에 들어있기 때문일까. 자식이란 어떤 존재인가. 잘났든 못났든 발가락 하나만 닮아도 가슴이 뭉클해지는 게 자식이다. 제 몸뚱이가 부서지는 한이 있어도 끌어안아야 할 멍에 같은 존재. 죽음 앞에서조차 놓을 수 없는 자신의 분신일진대.

언젠가 강 길을 따라 산책하다가 죽은 어미 곁을 떠나지 못하고 오글거리는 물고기를 보았다. 작은 새끼 물고기들은 제 어미 목숨이 붙어있는 줄 아는지 입을 뻐끔거리며 어미 몸을 더듬다 돌아서고 더듬다 돌아서곤 했다. 잠든 어미는 평화로워 보였다. 나는 그렇게 평화라는 단어를 뜻밖의 장소에서 만나기도 했다. 죽음과 평화가 함께 한 경우는 드문 광경이 아니었다. 장례식장에서 관 속에 누워있던 고인 얼굴에도, 싱싱한 붉은빛으로 하얀 눈밭에 송이째 떨어진 피 같은 동백꽃 속에도, 곁에 새끼가 들끓고 있는 어미 물고기 표정에도, 죽음은 평화를 베고 잠들어 있었다.

등 뒤에서 후드득, 날갯짓하는 소리가 들렸다. 바람이 지나며 얼음 위에 앉았던 눈을 털어내는 소리였다. 한때는 낭창거렸을 나무가 굽었던 허리를 펴고 한숨 돌리는 모양이었다. 나는 봄바람만 부드러운 줄 알고 살았다. 얼어붙은 가지를 어루만지며 눈을 털어주는 훈훈한 겨울바람도 있는 줄은 미처 몰랐다. 있다 해도 냉혹한 겉모습에 놀라 뒷걸음질 치느라 속마음까지 들여다볼 여유가 없었으리. 겨울바람은 언제 만나도 달갑지 않은 손님이었다. 언 나무 사이로 강풍이 몰아치던 기억을 외면할 수 있을까.

그 해 사납게 불어 닥친 겨울바람은 매서웠다. 몸담고 있던 남편 회사 주식이 곤두박질치는 것도 모자라 아예 종잇장처럼 되던 날, 그는 담배 연기 속에서 웅크린 채 일어날 줄 몰랐다. 앞이 보이지 않는 매캐한 시간에 피가 마르는 느낌이었다. 앉은자리에서 돌부처가 된 듯 꿈쩍도 않던 남편이 꼭 일주일 만에 연기를 헤치고 일어섰다. 살아있기는 했구나. 나는 가두었던 숨을 내쉬며 그의 표정을 살폈고 누렇게 뜬 얼굴에서 희미한 움직임을 느꼈다. 무엇이 그를 일으켰을까. 아내와 자식이 매달려 있으니 마음대로 쓰러질 수도 없던, 남편이라는 나무의 뒷모습. 위태로움 속의 강건함을 읽으며 내가 잠시 안도했던가. 무연히 바라보는 내게 그가 한 말은 "괜찮아아", 한 마디였다.

남편은, 정말 괜찮아서라기보다는 허튼 말로나마 자신을 구하고 싶었으리라. 그토록 모질게 지나간 겨울바람을 숲에서 다시 만났다. 바람은 맞서는 것도 잡는 것도 아니었다. 바람이 불면 그저 못 이기는 척 누웠다 일어나는 풀잎처럼, 그도 바람이 지나가도록 몸을 눕혔다가 일어난 것이리.

무궁화 꽃이 피었습니다

날씨가 끄물거리더니 눈발이 흩날렸다. 기온은 낮아도 바람이 자서 걸을만할 거라며 켄 레이드 공원(Ken Reid Park) 숲길로 접어들었다. 엊그제 내린 눈이 녹았다 얼었다 하며 빙판을 만들고 그 위로 얇게 눈이 덮여있어 길이 미끄러웠다. 뒤에서 따라 걷고 있는 아들과 예비 며느리가 걱정되어 돌아보다가 아들과 눈이 마주쳤다. 쑥스러운 듯 웃더니 감싸 안았던 팔을 슬그머니 내렸다. 나는 못 볼 것을 보기나 한 것처럼 반사적으로 고개를 돌려 못 본 척 걸음을 재촉해 아이들과 간격을 두었다. 저 웃음, 20년도 더 전 어느 날, 겸연쩍던 웃음이 눈발 사이로 보이는 듯했다.

꽤 무덥던 여름이었다. 어딜 가는 길이었는지 친정아버지와 어머니가 앞장서고 어린 아들과 내가 뒤따라 걸었다. 그날따라 아이는 무슨 장난을 하려는지 살금살금 할아버지 뒤에 바짝 따라붙었다. 아이 손이 할아버지 바지춤에 막 닿으려는 찰나. 하필이면 그

때 뭔가 물어보려고 아버지가 뒤를 돌아보았고 제풀에 놀란 아이가 손을 치우지도 못한 채 그대로 얼어버렸다. 웃음기 걷힌 아이의 어색한 표정과 굳어버린 손을 번갈아 바라보던 아버지는 무슨 큰 죄나 지은 듯이 고개를 돌리며 웃음을 참았다. 그때 손자를 향하던 할아버지 웃음을 내가 잊을 수 있을까. 몇 발짝 떨어진 곳에서 엄마의 낮은 목소리가 건너왔다.

"당신으은~, 눈치도 없어"라는 면박에,

"내가 뭐얼~" 웃음을 감춘 아버지 대답은 내게 억양까지 생생하게 남았다. 장난이 실패로 끝나서 아쉬운 건 아들보다 오히려 아버지인 것 같았다. 그날 할아버지는 손자에게 농을 걸며 전에 없이 곰살맞게 달래주려 했지만, 아이는 꽤나 무안했는지 시무룩한 기분을 좀체 벗어나지 못하다가 결국 할머니 품에 안기고서야 풀어졌다.

그러던 아이가 어느새 저렇게 커서 제 짝과 나란히 걸어오고 있었다. 외손자 장가가는 걸 그렇게 기다리시더니 저 높은 곳에서도 아이들 얼굴이 보이려나. 뒤따라오던 아이들이 눈 장난을 하는 걸까, 까르륵 소리에 귀가 자꾸 뒤로 젖혀지는데도 나는 옛 기억이 떠올라 뒤돌아볼 엄두를 내지 못했다.

금지된 것에 대한 유혹이 그렇듯이, 같은 일도 몰래 하면 아슬아슬하고 더 재미있다. 못하게 할수록 가슴 졸이며 해보고 싶은 유혹도 커지고, 한번 맛 들이면 헤어나기 어려운 줄 알면서도 빠져들기

십상이다. 수업 시간에 교과서 밑에 감추고 읽던 소설은 몰래 읽어야 더 맛있었다. 출입이 금지된 분식집 음식은 어찌 그리 맛있던지. 고개를 움츠리고 숨어들어가 교대로 망보며 숨죽여 먹던 떡볶이와 튀김 만두의 맛을 지구촌 어디에서 찾을 수 있을까. 왜 그토록 엄하게 금했는지 모르겠지만, 극장이나 분식집 출입이 만일 허용된 일이었다면, 그래서 언제라도 드나들 수 있었다면 그토록 짜릿한 추억거리를 남기지는 못했으리라. 행동에 구속이나 제한이 없는 데다가 결핍을 모르고 자라는 요즈음 세대에게도 손 떨리는 추억거리가 있으려는지.

'무궁화 꽃이 피었습니다' 놀이를 상상한다. 내가 술래다. 술래가 돌아서서 안 보는 동안에는 아무리 움직여도 괜찮지만, 봄을 돌리는 순간 마법이 걸린 듯 모든 동작이 금지되는 놀이. 술래에게 들키지 않아야 한다는 규칙 때문에 손가락 하나 움직이는 것도 가슴이 간질거릴 만큼 긴장한다. 얼어붙은 것처럼 숨도 제대로 못 쉬고 꼼짝도 않고 있다가 술래가 안 볼 때 마음껏 움직이는 스릴감 넘치는 사랑놀이를 할아버지와 손자가, 아이들과 내가 대를 이어서 하고 싶은지도 모른다.

그때로 정지된 기억은 소실점을 향해 달려가고, 허공으로 사라진 아득한 옛 시간만이 함박눈 되어 춤을 추며 너울거린다. 겹겹이 쌓인 세월이 눈발 되어 돌아온 듯 앞이 보이지 않을 정도로 흩날린다. 그 시절 그대로 멈추었던 추억의 꽃잎들이 술래가 돌아선 틈을

타 눈꽃으로 내리나 보다. 뒤에서 걸어오는 아이들 모습을 정지된
영상으로 간직하고 싶다는 생각에, 놀이하듯 술래가 되어 돌아보
고 싶어진다.

한번 뒤돌아볼까? 그래 볼까?

젖은 날개

핀치 한 마리가 빗속에서 떨고 있다. 노란 상추 꽃에 앉아 쏟아지는 비를 온몸으로 받아내면서도 나는 법을 잊은 듯 움직일 줄 모른다. 요즘 들어 하루가 멀다고 뒷마당에 다녀가는 녀석이다. 우리 집을 찾아오는 여러 새 중에서도 유독 핀치는 바라보는 것도 조심스러우리만치 작은 새다. 아기 주먹만 한 몸집에 높은 톤으로 울고 있어 비 맞는 게 더 마음이 쓰인다. 날개가 있으니 비 그칠 때까지 어디로든 날아가 피하면 좋으련마는. 너무 갑작스레 내리는 비에 놀라 고스란히 맞고 있는 것 같아, 나는 안타까운 마음에 애꿎은 하늘만 바라본다.

비 맞는 어린 새를 보니 옆집 꼬마가 생각난다. 몇 달 전에 급작스럽게 생의 날개를 접은 소년. 언제 봐도 해맑은 웃음을 얼굴에 달고 살던 아이. 소년은 공놀이를 유난히 좋아했다. 담장 위로 조막만 한 얼굴을 불쑥 내밀고 우리 뒷마당으로 넘어온 공을 던져달라며 웃을 때 덧니가 살짝 보이던 꼬마였다. 낭랑한 목소리가 넘어오는 것 같아 나는 한동안 뒷마당에 있을 때 소년네 담장 쪽으로는 고개를 돌리지 못했다.

키만 껑충한 주인 잃은 농구대가 여전히 우리 앞마당에 서 있다. 매일같이 지나다니면서도 바라보지 못하는 농구대. 제 키에 어울리지 않게 어른 기준으로 높여달라고 해서 한껏 높아진 농구대에 공을 던져 넣고 기뻐하던 웃음이 밟힌다. 꼬마가 떠나기 며칠 전에 우리는 마치 무슨 예견이나 한 듯 옆집 부부에게 농구대를 선물하겠다고 전했고 아이 엄마는 아들이 얼마나 좋아하는지 모른다고 감사하던 기억, 기억들.

그러던 아이가 학교에서 단체 나들이를 갔다가 갑자기 심장 발작을 일으켜 응급처치 중에 세상과 이별을 했단다. 간호사인 제 엄마도 미처 어찌해보지 못하고 아이 손을 놓을 수밖에 없었다니. 그때 옆집에서는 수영장을 만드는 공사가 한창이었다. 결국 꼬마는 그렇게 좋아하던 제 농구대에 공 한번 던져보지도 못하고 누나와 수영도 못해본 채 가족의 품을 떠나고 말았다. 수영장 공사는 중단되었다. 꼬마 부모 가슴에 들어있는 물이란 물이 다 마르고 나면, 그때쯤이면 수영장 물이 채워질 수 있으려는지.

눈물도 목소리도 말라버려 쇳소리를 내는 젊은 엄마를 안고 나는 나무기둥처럼 멍하니 서 있었다. 억장이 무너지는 슬픔이지만 그건 울 수 있는 아픔이 아니었다. 나 역시 한 아이의 엄마이기에, 설명이 불가능한 모성을 경험한 나로서는 납작해진 가슴을 안고 체온을 나눌 도리밖에 없었다.

갑작스럽게 비가 내리면 속수무책으로 젖는 새처럼, 심장발작이라는 찬비에 끝내 날개가 꺾인 새. 그리고 울지도 못하는 어미 새 아비 새. 인생길에 따스한 햇볕만 있는 게 아니고 바람 불고 얼음 얼고 하는 줄을 누군들 모를까. 비 오면 젖게 마련이라는 이치를 알면서도 준비 없이 날개가 젖게 되면 당황하고 때로 절망하는 게 우리라는 인간이다. 그게 어디 퍼붓는 비뿐일까.

뿌옇던 하늘이 잠시나마 푸른 기운을 되찾고 있다. 언제 그랬냐는 듯 볕이 나겠지. 내가 잠시 옆집 꼬마 생각에 빠져있는 동안 핀치가 날아갔는지 보이지 않는다. 둥지를 버린 것으로 보아 몸집은 작아도 다 자란 녀석일 터, 어디에서든 비를 피하고 있을 것 같아 안도한다.

어디론가 날아갔다가도 홀연 나타나 노래하는 핀치처럼, 꼬마가 젖은 날개를 털고 가벼워진 날개로 공놀이 하는 상상을 한다. 어찌할 수 없는 비에 날개가 젖었을 꼬마와 마른 날개조차 펴지 못하고 있을 옆집 엄마 모습이 갈마든다.

"가지 마라, 가지 마라, 가지 말아라, 나를 위해 한 번만 노래를 해주렴…." 한때 듣던 노래 가사가 들려온다.

비를 맞으면서도 날아다니는 새처럼, 미처 털어내지 못한 젖은 날개로도 삶을 견뎌야 하리. 명멸하는 불빛 한 점에도 의미를 찾듯, 어린 딸을 안고 옆집 엄마도 날개를 펴겠지. 푸득이다 보면, 다시 날게 되겠지.

그립다 말을 할까 하니 그리워

방금 알을 깨고 나온 병아리처럼 세상 물정 모를 때 교사 발령을 받았다. 농촌의 투박한 삶이 아이들 표정에 고스란히 묻어있었고 그 무구한 얼굴에 도시 출신 선생의 마음은 매일 흔들렸다. 기껏해야 운동장도 벗어나지 못하는 좁은 울타리 안에도 온갖 바람은 불었고 무게도 깊이도 잴 수 없는 농촌 특유의 삶이 들락거렸다. 친근감 있으면서도 배타적인 시골 삶의 영역에 들어서는 일에는 만만치 않은 노력이 필요했다.

그때 만난 선배가 그녀였다. 도시 출신이라는 공통점이 서로를 옆자리로 불렀고 매일 도시락을 먹던 몇몇 교사가 급속도로 가까워졌다. 초임교사인 내 눈에 그녀는 교사로서도 엄마로서도 능숙한 까마득한 선배로 보였으나 지금 생각하면 그녀 역시 시행착오를 거듭하던 서른을 앞둔 초년 교사였다. 우리는 마른땅에 뿌리를 내리는 식물처럼 낯선 교단에 잔뿌리를 뻗으며 짧지 않은 시간을 함께 보냈다.

몇 년마다 전근해야 하는 공립학교 특성상 우리는 헤어졌으나 우연치고는 우연 같지 않게 세 학교에서 거듭 만날 수 있었다. 그녀가 정년퇴직으로 정점을 찍은 후 우리는 다시 만났다. 거의 30년만이었다. 그것도 캐나다라는 이국 땅에서. 그녀는 중도에 퇴직하고 캐나다에 이민 와 살고 있는 나를 찾았고, 그녀 부부는 우여곡절 끝에 또 다른 부부와 함께 우리 집에 와서 머물게 되었다. 스물에 인연을 맺은 우리가 예순이 되어 다시 만나, 과거라는 강물에서 3주를 함께 보냈다.

3주라는 시간은 계획하기에 따라 짧을 수도, 길 수도 있는 기간이었다. 한국을 잊지 못하면서도 한국의 정서를 잃어가는 우리 부부와, 한국을 거의 벗어나 본 적 없는 부부, 그리고 적당히 드나들던 부부로 구성된 우리 세 커플은 의식이나 정서가 그렇게 같았고 또 그렇게 달랐다. 스물과 예순은 정신적으로나 육체적으로나 40년이라는 숫자보다 더 먼 거리에 있었다.

사람에게는 비슷한 성향이나 목표를 가진 집단 속에서 소속감을 통해 안전함을 확인하려는 욕구가 있다. 선생님이라는 공통 호칭으로 유대의식을 가졌고 아이들이 있는 교실에서 존재의 의미를 키우던 우리였다. 그러나 우리 모두는 이제 선생님이 아닌, 노인이라는 낯선 단어에 적응하는 중이었다. 삶의 속도를 늦춘 나이에 몸도 정신도 급할 게 없었지만 급할 수도 없었다. 초록 과거로 달려갔던 기억이 현실로 돌아올 때쯤이면 누렇게 바랜 노년을 인정하며 고개를 늘어뜨리곤 했다.

첫 일주일은 다같이 여행을 하기로 했다. 한국에서 가보고 싶어도 쉽게 가기 어렵다는 쿠바를 여행지로 택했다. 리조트에서 보내는 7박 8일 일정은 한국에서 방금 도착한 여독을 푼다는 의미에서, 느긋하게 쉬며 서로를 알고 맞춰가는 기간으로 적당해 보였다. 젊지 않은 체력을 고려할 나이에 이르렀다는 점도 무시할 수 없었다.

그렇게 시작한 쿠바여행이었다. 염려했던 것보다 편안하게 지낼 수 있었던 것은 나이 덕이었다. 서로를 배려하고 이해하는 성숙함을 보인 데에는 오랫동안 교직에 머물던 세월과 늙수그레한 나이가 한몫 했다. 한 가지를 더 꼽는다면, 그건 '따로 또는 함께'를 적당히 조율한 덕이라 하겠다. 다같이, 때로는 부부끼리, 또는 남자 여자로, 상황에 맞게 조율하다 보니 일주일이 물에 녹는 듯 지났다. 쿠바에서 보낸 일주일은 우리를 기대 이상으로 가깝게 만들었다. 나머지 2주 동안 그들은 우리 집에 머물다가 떠났다.

다음 해에 우리가 한국을 방문했을 때 모두 다시 만났다. 선물을 가져왔다고 해서 풀어보니 앨범이었다. 캐나다에 왔을 때 찍은 사진을 모아 직접 제본했다는 앨범은 집집마다 다르게 편집되어 있었다. 그러니까 세상에서 하나뿐인 앨범인 셈이었다. 남는 건 사진밖에 없다며 겸연쩍은 웃음으로 건네주는 얼굴이 초임지에서 가르치던 시골 아이처럼 순박해 보였다.

사진 속에서 웃는 얼굴들을 보니 지나간 시간이 만져지는 듯하다. 쿠바에서의 뜨겁던 시간과 집안 곳곳에 그들이 남기고 간 흔적을 아릿한 마음으로 돌아본다. 그립다. 모든 것이. 그들과 함께한 가까운 과거보다는 그 너머에 있는 파란 시간이 더 그리운지도 모르겠다.

그립다 말을 할까 하니 그리워, 소월의 시가 생각나는 밤이다.

앞 강물 뒷 강물
흐르는 물은
어서 따라오라고 따라가자고
흘러도 연달아 흡디다려.